Reinhard Wegerth

Der große grüne Atemstreik

Edition Junge Literatur
Verlag der Österreichischen Staatsdruckerei
und
Verlag Christian Brandstätter

1. Auflage

Graphische Gestaltung: Christian Brandstätter
Redaktion: Helmut Strutzmann
Druck und Bindearbeit: Österreichische Staatsdruckerei
ISBN 3-85447-144-0

Reinhard Wegerth

Der große grüne Atemstreik

Kurzroman
aus der Zukunft

Edition Junge Literatur

„Ich glaube, man sollte überhaupt nur Bücher lesen, die einen beißen und stechen. Wenn das Buch, das wir lesen, uns nicht mit einem Faustschlag auf den Schädel weckt, wozu lesen wir dann das Buch?“

FRANZ KAFKA AN OSCAR POLLAK (1904)

Inhalt

Der große grüne Atemstreik
7

Der Mantel Vergißmeinnicht
24

Das neue Daimonion
49

Die intimste Verbindung
86

Ein Boot aus Atlantis
106

Der große grüne Atemstreik

„Wissen Sie, was geschähe, wenn es keine Pflanzen auf diesem Planeten gäbe?“

(PROFESSOR BLÜMEL)

PROFESSOR Blümel, Leiter der Botanischen Station, ist durch seine Sendung „Rendezvous mit den Pflanzen“ beim Fernsehpublikum des ganzen Landes bekannt. Seit Jahren erscheint er allmonatlich auf dem Bildschirm und erzählt Wissenswertes aus dem pflanzlichen Leben: Von der *Photosynthese* zum Beispiel, der geheimnisvollen Verwandlung des Kohlendioxyds in Sauerstoff; oder davon, wie der Mensch durch sogenannten technischen Fortschritt die Pflanzen zum eigenen Schaden gefährdet.

Professor Blümel ist ein bekannter Umweltschützer, aber zur Beliebtheit der Sendung tragen auch stilvolle Äußerlichkeiten bei: Der weißbärtige kleine Mann tritt stets in Tropenhelm samt Uniform auf, eine Bekleidung, die er auch seinen Assistenten vorschreibt. Die beiden, der schmächtige Dr. Korn und die dralle Frau Dr. Flora, scheinen zudem in publikumswirksamer Beziehung zu stehen.

Fest steht jedenfalls, daß Korn seine Kollegin, die in Bluse und Uniformrock recht appetitlich aussieht, gerne mit heißen Blicken verschlingt. Allerdings nur, wenn sie es nicht merkt, weshalb die Zuseher der einhelligen Meinung sind: „Er liebt sie — aber unglücklich!“

Heute sind in der Botanischen Station wieder Fernsehaufnahmen geplant. Es ist bereits kurz vor Drehbeginn, und der Regisseur ist nervös, denn Professor Blümel, der sonst rechtzeitig das Programm erläutert und Handreichungen probt, ist noch nicht eingetroffen.

„Wahrscheinlich steckt er in seinem Privatlabor“, meint nun Frau Dr. Flora. „Kollege Korn, wir gehen ihn holen.“

Die beiden machen sich, zur Erleichterung des Fernsehteams, auf den Weg und nehmen die Abkürzung durch das große Gewächshaus. Die erste Abteilung mit den heimischen Pflanzen ist schnell durchquert, und in der zweiten, den subtropischen reservierten, spürt Korn wieder einmal seinen liebsten Wach- und Wunschtraum Gestalt annehmen:

Zwei Schritte vor ihm geht Flora auf roter Erde, üppiges Grün umgibt ihren Rock. Sie erreichen die Tür zu den Tropen. Schon treten sie ein, und während die Pforte sich schließt, hört Korn Affen und Papageien, glänzt in der feuchtheißen Luft sein Gesicht auf, riecht er die schweren Blüten des Urwalds. Er bleibt seiner Mitarbeiterin auf den Fersen, behält ihre Hüften im Blickfeld. Und schon nimmt sein Traum Gestalt an: Flora, die bei einem mächtigen Baumriesen anhält, um etwas am Stamm zu betrachten, trägt plötzlich — einladend wie noch nie — nur mehr ein Stück Leopardenfell um die Hüften.

Mit einem raschen: „Sie erlauben wohl, Frau Kollegin!" will er endlich den letzten Schritt auf sie zu tun, im Lendenschurz aus Leopardenfell, der jetzt *seine* Blöße bedeckt, und —

„Die Luftfeuchtigkeit ist in Ordnung", meint Frau Dr. Flora und dreht sich um.

Korn wird schlagartig aus den Tropen zurückversetzt, erkennt das Hygrometer am Baumstamm und liest ernüchtert: „Eigentum der Botanischen Station". — Während Flora noch aufmerksam in sein Gesicht blickt, hört er jemanden durch das Gewächshaus kommen.

„Der Professor!" sagt er erleichtert.

Es ist wirklich Professor Blümel, der nun vom anderen Ende der Halle mit hastigen Schritten daherkommt. Seine Assistenten bemerkt er erst, als er unmittelbar vor ihnen steht und wegen des schmalen Weges nicht weiterkann.

„Es stimmt!“ murmelt Blümel und blickt abwesend auf. „Ich hab’ es mit eigenen Ohren gehört!“ Er zieht die beiden mit sich. „Die Welt muß davon erfahren!“ fährt er fort. „Beeilen wir uns!“

Ohne zu wissen, worum es geht, folgen Flora und Korn ihrem Chef zurück in das Stationsgebäude.

„Der Alte hat in seinem Privatlabor etwas entdeckt“, sagt sich Korn und sieht mit einem Anflug von Eifersucht, daß Floras Wangen vor Spannung gerötet sind.

Vom Regisseur werden die drei mit ungeduldiger Miene empfangen: „Wir sind gleich auf Sendung, Herr Professor!“ drängt er und weist auf Kameramann, Tontechniker und Beleuchter, die mit ihren Geräten bereits postiert sind.

„Heute braucht nichts geprobt werden“, antwortet Blümel kurz, „und wir kommen ganz ohne Requisiten aus.“

Er schiebt seine Assistenten zur Sitzecke weiter, die, seinem Stil entsprechend, aus Campingsesseln und einem Safari-Klapptisch besteht und von Kübelpalmen flankiert wird.

„Schönen Nachmittag, meine Damen und Herren!“ spricht Blümel gleich darauf in die laufende Kamera, wozu Flora und Korn freundlich nicken.

„Wissen Sie, was geschähe, wenn es keine Pflanzen auf diesem Planeten gäbe?“ fährt Blümel mit ungewöhnlichem Pathos fort.

„Wir würden alle ersticken, und zwar innerhalb relativ kurzer Zeit! Wer zum Stammpublikum meiner Sendung gehört, wird wissen, warum: Durch den geheimnisvollen Prozeß der Photosynthese führen die Pflanzen immer aufs Neue der Atmosphäre jenen Sauerstoff zu, den *wir* ihr durch den Atemvorgang entziehen. Wäre das nicht der Fall, würde der Sauerstoffanteil der Luft bald *unter* die lebensnotwendige Grenze sinken, und die Menschen, aber auch die gesamte Tierwelt, müßten elend zu Grunde gehen! Gut, werden Sie sagen, aber es *gibt* ja die Pflanzen! Meine Damen und Herren: Es gibt sie, sie sind sogar die ältesten Bewohner dieses Planeten, aber — und das hab’ ich von ihnen selbst gehört — sie hassen unseren sogenannten technischen Fortschritt und wollen sich rächen!“

Der Regisseur wundert sich. „Was heißt ‚Sie wollen sich rächen‘ und ‚Das hab’ ich von ihnen selbst gehört‘?“ denkt er. „Nichts gegen symbolhafte Ausdrucksweise im Interesse des Umweltschutzes, aber hoffentlich wird der Alte bald sachlicher, wir riskieren sonst eine

Bildstörung oder einen Tonausfall." Er weiß nur zu gut, daß er entsprechende Inserts einblenden muß, wenn vor der Kamera Unvorhergesehenes abläuft. Beim „Rendezvous mit den Pflanzen", das er jetzt schon seit Jahren betreut, hätte er einen solchen Eingriff allerdings nie für nötig gehalten.

Auch die Zuschauer vor den Fernsehschirmen horchen allmählich auf, denn Blümels Behauptungen werden noch bunter:

„Sie werden sich fragen, meine Damen und Herren, woher ich diese schlechten Nachrichten habe." Der alte Professor macht eine Pause und blickt fest in das Auge der Kamera. „Es war mir vergönnt", fährt er fort, „die *Sprache der Pflanzen* zu lernen!"

Der Regisseur ist jetzt stark in Versuchung, mit einem Störungsinsert zu reagieren; kann es sein, daß Blümel gerade seinen Verstand verliert? –

Die Assistenten sind weniger skeptisch: Seit Monaten delegiert der Professor die Routinearbeit im Institut an sie, weil er ständig in seinem Privatlabor steckt. Zeit genug für eine Entdeckung!

„Die Sprache der Pflanzen", fährt Blümel fort, „ist nichts anderes als die schon erwähnte Photosynthese. Nur hat die Wissenschaft bisher darin lediglich eine

Art Atmung gesehen, weil ihr die Vorgänge im Blattgrün selbst — wir nennen es Chlorophyll — ein Geheimnis geblieben sind. Für die Laien unter Ihnen, meine Damen und Herren, will ich es kurz machen: Der erste Schritt zu meiner Entdeckung war die vollständige Analyse des Chlorophylls, der zweite seine künstliche Herstellung. Es dauerte nicht lange, bis ich erkannte, was damit gewonnen war: Die *Zunge* für die Sprache der Pflanzen! Dieses Chlorophyll steuert nämlich die Photosynthese nach besonderen Gesetzmäßigkeiten, oder, wie ein Kommunikationsfachmann sagen würde: nach einem Code.

Es hat also etwas zu bedeuten, ob eine Pflanze die Photosynthese schnell oder langsam, in großem oder kleinem Umfang vollzieht: Es besagt etwas über sie, oder besser — *sie* sagt damit was über sich! Sie können sich meine Freude als Pflanzenliebhaber denken, als sich herausstellte, daß diese Äußerungen nicht nur das Wohlbefinden und ähnliche Grundstimmungen betreffen, sondern insgesamt eine Sprache ergeben, die an Reichtum und Abstraktionsvermögen der menschlichen keineswegs nachsteht!

Die Unterschiede sind natürlich trotzdem beträchtlich: Inhalte werden nicht wie bei uns durch Schallwellen weitergegeben, sondern durch — selbstverständlich unhörbare — Veränderungen der die Pflanze umgebenden Atmosphäre. Und, das mag die Literaturfreunde unter Ihnen interessieren: Ihre Ausdrucksweise ist poetisch, ja *blumig* — um ein treffendes Wort zu verwenden.

Ich habe nun, meine Damen und Herren, auf Grund dieser Entdeckung eine *Dolmetsch-Maschine* gebaut, die einen problemlosen Dialog zwischen uns und der Welt der Pflanzen gestatten könnte. Wissenschaft und Kunst dürfen davon eine Bereicherung erhoffen, aber auch jeder einzelne Mensch, dem die Heimausführung meiner Dolmetsch-Maschine eine neue Beziehung zu seinen Zimmerpflanzen eröffnen wird!“

Wie zur Illustration schwenkt die Kamera nun zu der Palme hinüber, welche die Sitzecke seitlich abschließt und plötzlich mehr als eine Dekoration zu sein scheint. Ob sie gerade bestätigt, was der Professor sagt?

Als die Kamera wieder zurückschwenkt, hat Blümel ein ernstes Gesicht und fährt resigniert fort: „Diese Hoffnungen, meine Damen und Herren, sind aber vorläufig gegenstandslos. Der Mensch hat nämlich durch wuchernde Siedlungen und Autoverkehr, Industrien und Kraftwerke aller Art die Luft, das Wasser und den Boden dieses Planeten derartig verseucht, daß die Pflanzen in uns eine feindliche Gattung sehen. Ich habe zu Beginn meiner Sendung erwähnt, daß sie sich *rächen* wollen: Was uns in der Tat droht, ist der ‚große grüne Atemstreik' oder ‚Überall-Herbst', wie es die Pflanzen auch nennen.

Sie stellen der Menschheit ein Ultimatum: Falls nicht sämtliche Atomkraftwerke — diese letzte Gefährdung unserer Umwelt hat ihre Geduld erschöpft — stillgelegt werden, soll der Atmosphäre *weltweit* kein Sauerstoff zugeführt werden, bis alle ‚schlechten Atmer' — so werden *wir* von den Pflanzen bezeichnet — erstickt sind.

Der Regisseur deutet mir eben an, daß wir uns dem Ende der Sendezeit nähern; ich kann nur hoffen, meine Damen und Herren, daß Regierungen und Industriekapitäne dieses Ultimatum der ältesten Bewohner unseres Planeten ernst nehmen. Guten Abend!"

Am nächsten Tag ist die Botanische Station belagert wie eine Festung. Journalisten der gedruckten und elektronischen Medien wollen ein Interview mit Professor Blümel, vor allem aber eine Vorführung der Dolmetsch-Maschine.

Schlagzeilen wie „Sprache der Pflanzen entdeckt" und „Das Ende der Menschheit" — je nach Seriosität des Berichterstatters mit Ruf- oder Fragezeichen — wühlen die Weltbevölkerung auf. Doch die „Blümel-Maschine", wie sie bereits allseits genannt wird, bekommen nur zwei Personen zu sehen: Flora und Korn, die Assistenten des alten Professors.

Sie allein dürfen das Privatlabor ihres Chefs betreten, ein tropentaugliches Zelt mit Moskitonetz im hintersten Winkel des Palmenhauses; sie allein erhalten Einblick in die Konstruktionspläne und dürfen den Prototyp der Maschine betrachten: Ein etwa tischgroßes, flaches Gerät mit metallenen Wänden und einer gläsernen Oberfläche, unter der eine grüne Flüssigkeit brodelt. Sie allein werden Zeugen, wie Blümel den angeschlossenen Dechiffrierer betätigt und aus dem Kopfhörer die ständige Diskussion der Pflanzen tönt. Sie allein können sicher sein, daß *alles,* was Blümel gesagt hat, stimmt:

Der „große grüne Atemstreik" und der „Überall-Herbst" kommen in jedem gehörten Satz vor.

„Gibt es einen Ausweg, Professor?"

„Natürlich", sagt Blümel. „Aber den kennen Sie doch: Die sofortige Stillegung sämtlicher Atomkraftwerke!"

1*

„Riskieren die Pflanzen bei dieser Rache nicht den eigenen Untergang?" fragt Korn. „Auch für sie ist ja die Photosynthese lebensnotwendig."

„Nach meinen Berechnungen", antwortet Blümel, „halten sie es lange genug aus. Wohl wird es Opfer geben, vor allem unter den kleineren Arten, aber die Mehrheit der Pflanzen kennt von der Winterruhe das Überleben. Der ‚Schönste Frühling', wie sie es nennen, nämlich die Wiederaufnahme der Photosynthese nach langer Stille, wird ohne uns Menschen beginnen."

Das alles erzählt Blümel auch den Journalisten; aber die Maschine will er ihnen erst zeigen, wenn das Ultimatum der Pflanzen erfüllt ist.

„Wie Sie wissen", erläutert er, „handelt es sich um ein *Kommunikationsgerät.* Die Gesprächsbasis mit der Pflanzenwelt ist aber nicht vorhanden, solange Atomkraftwerke die Erde verseuchen."

„Wann läuft dieses Streik-Ultimatum ab?" fragt ein Journalist.

„In wenigen Tagen", antwortet Blümel. „Und zwar zu jenem globalen Zeitpunkt, den wir als Sommersonnenwende bezeichnen."

„Wären Sie auch sonst ein Atomkraftwerksgegner?"

„Jawohl. Für einen Botaniker ist das wohl selbstverständlich!“

Blümels Weigerung, seine Maschine öffentlich vorzuführen, hat eine Spaltung unter den Leitartiklern zur Folge. Ebenso eine Spaltung in akademischen Kreisen: Während nicht wenige Wissenschafter seine Thesen trotzdem für glaubwürdig halten, äußern andere, in gewissen Industriezweigen tätige Leute, starke Bedenken.

Zum Beispiel *Direktor Seimann,* der guterhaltene Playboy, Yachtbesitzer und Erbe des multinationalen Seimann-Konzerns. Sein weltumspannendes Unternehmen macht Profite mit Atomstrom und Elektrogeräten; was Wunder, daß Seimann zu den Bezweiflern von Blümels Entdeckung gehört?

„Die Sprache der Pflanzen“, läßt er seine Experten versichern, „ist eine glatte Erfindung! Professor Blümel, ein notorischer Umweltschützer, will damit nur unsere Technologie schlechtmachen. Eine ‚Drohung‘ der Pflanzen, zu ‚streiken‘, kommt außerdem gar nicht in Frage, weil unsere Kraftwerke völlig harmlos sind!“

Nicht offiziell, aber doch, wird eine weitere Diffamierung in Umlauf gesetzt: Blümel sei doch wohl aus den besten

Forscherjahren heraus, und seine „Entdeckung“ vermutlich nur Wunschdenken eines greisen Pflanzenliebhabers. Und die sagenhafte „Blümel-Maschine“ zeige er deshalb nicht her, weil sie einfach nicht existiere!

Der Professor nimmt diese Kampagne erstaunlich gleichmütig auf, gibt aber ab sofort keine Interviews mehr. Flora und Korn gegenüber meint er, daß die Menschheit, wenn sie derart mit Blindheit geschlagen sei, ihren Untergang nur verdiene. „Eine kleine Weile noch“, sagt er, „und man wird sehen, wie recht ich habe. Doch dann wird es für eine Rettung zu spät sein.“

Mit dieser Perspektive wollen sich seine Assistenten allerdings nicht zufrieden geben.

„Was hat er davon“, fragt Korn beim nächsten Rundgang durch das große Gewächshaus, „wenn sein wissenschaftliches Ansehen erst dann wiederhergestellt ist?“

„Und vor allem“, antwortet Flora, die eben die Tür zur Tropenabteilung öffnet, „was hat die Menschheit davon? Was haben *wir beide* davon? Ich gebe zu, daß ich *leben* möchte!“

Korn, der wie immer zwei Schritte hinter seiner Kollegin geht, wird von einem heißen Gefühl durchströmt. Hat sie nicht eben „wir beide“ gesagt? Ist das nicht handfester als jener Wachtraum, dem er sonst an diesem Ort gerne Gestalt gibt?

„Wenn man die Blümel-Maschine herausrückt“, sagt er hastig, „und *nur* dann, wäre die Öffentlichkeit zu überzeugen! Die Industrie müßte klein beigeben, die Atomkraftwerke könnten stillgelegt werden, und die Menschheit wäre gerettet.“

Flora wendet sich um, lehnt sich an den mächtigen Baumstamm und fragt: *„Haben Sie auch einen Brief von Seimann erhalten?“*

Korn bleibt vor ihr stehen und nickt.

„Ich dachte es“, antwortet Flora. „Sind Sie wirklich dafür, es zu tun?“

Korns Schüchternheit ist wie weggeblasen.

„Jawohl“, sagt er. „Auch wenn es dem Professor im ersten Moment nicht recht sein wird. Wir haben als einzige Zugang zur Blümel-Maschine und ihren Konstruktionsplänen; und Seimann hat im Brief die Stillegung seiner Atomkraftwerke versprochen, wenn ihn die Maschine von dieser Notwendigkeit überzeugt. Wir *müssen* es tun — für das Ansehen des Professors!“

„Und damit die Menschheit überlebt“, sagt Flora.

Korn macht den letzten Schritt auf sie zu. „Und wir beide!“ flüstert er.

Ein paar Tage später hat der Seimann-Konzern seine eigene Blümel-Maschine. Mit den von Flora und Korn zugespielten Plänen war der Nachbau ein Leichtes.

„Das Gerät ist phänomenal", berichtet Ingenieur Schmidt, der Leiter der Forschungsabteilung, nach den ersten Versuchen. „Wir wissen jetzt, daß die Pflanzen *tatsächlich* über eine Sprache verfügen und einen globalen Streik gegen die Menschheit planen."

Direktor Seimann ist sehr irritiert. „Wegen unserer Kernkraftwerke?"

„Auch das hat sich leider bestätigt. Aber eine absolute Notwendigkeit, nachzugeben, besteht trotzdem nicht."

„Sie meinen, wir kommen um die Stillegung unserer Kernkraftwerke herum? Tatsächlich? Aber wie?"

„Die Blümel-Maschine ist *mehr* als ein Dolmetschgerät! Dadurch, daß sie die Sprache der Pflanzen, also die Photosynthese, nachahmen kann, ist sie eigentlich ein Ersatz für die Pflanzen — jedenfalls für deren Sauerstoffproduktion."

„Heißt das, wir können den Streik auf uns zukommen lassen?"

„Wenn die Blümel-Maschine sofort in Großserie geht und weltweit aufgestellt wird, *können* wir den Streik auf uns zukommen lassen."

Ein Jahr darauf ist das Leben auf diesem Planeten gründlich verändert.

Wo sich einst Wälder und Wiesen dehnten, stehen jetzt Blümel-Maschinen auf kahler Erde. Denn die Pflanzen, die den „großen grünen Atemstreik" pünktlich begannen, sind weltweit verdorrt, stumm und tot; als die Menschheit nicht zu ersticken war, haben sie ihren Streik bis zum Selbstmord aufrechterhalten.

Diese biologische Lücke hat das Aussterben weiterer Arten zur Folge, vor allem der pflanzenfressenden Tiere. Aber auch das hiedurch entstehende Ernährungsproblem wird von der siegreichen Industrie gelöst: Künstliche Kohlehydrate und künstliches Protein ersetzen dem Menschen Obst und Gemüse, Korn und Geflügel, Schweine und Rinder.

Das Wissen dazu haben Seimanns Leute den Pflanzen noch rechtzeitig ablauschen können — nur sie waren ja in der Lage gewesen, jenes chemische Wunder zu wirken, bei dem aus anorganischen Stoffen Eiweiß aufgebaut wird.

Aber nicht nur die Nahrungsversorgung der Menschheit ist jetzt ein Monopol des Seimann-Konzerns. Auch die Erzeugung von Atemluft hat man weltweit gewinnbringend übernommen: durch die zum Patent angemeldete Blümel-Maschine, welche der Atmosphäre so selbstverständlich Sauerstoff zuführt, als hätte es niemals Pflanzen gegeben. Und schließlich kommt der betrieblichen Entwicklung zugute, daß Kraftwerksprojekte nicht länger durch Umweltschützer behindert werden — mangels Umwelt im früheren Sinn.

Die Botanische Station wurde umständehalber geschlossen. Professor Blümel, zuletzt freiwilliger Eremit im großen Gewächshaus, ist gemeinsam mit seinen Lieblingsbäumen erstickt. Seine Assistenten Flora und Korn, die von der Preisgabe der Konstruktionspläne ursprünglich andere Folgen erwarteten, sind verheiratet und bekleiden schöne Positionen im Seimann-Konzert.

Der alte Professor soll demnächst posthum einen Nobelpreis erhalten: „Für die Erforschung einer toten Sprache“, wie es in der Einreichung heißt.

(1977)

Der Mantel Vergißmeinnicht

„Ich habe oft das Gefühl, daß Flora gar nicht dort oben herumfliegt."

(DR. KORN)

DIE beiden Frauen sind bereits einen vollen Monat weg von der Erde. Emma kann diese epochale Reise, deren journalistische Auswertung sie übernommen hat, auch als persönlichen Erfolg betrachten. Sie schaut durch die geräumige Luke aus getöntem Sicherheitsglas hinüber auf den vertrauten blauen Planeten.

„Dort", überlegt sie, „gibt es noch viel zu tun. Aber auch hier, im All, müssen wir Zeichen setzen!"

Die Herausgeberin einer führenden Frauenzeitschrift denkt zufrieden zurück: „Gegen die Diskriminierung der Frau im Weltall!" hatte die Losung jener Kampagne gelautet, die diesen Raumflug letztlich durchgesetzt hatte.

War es nicht wirklich empörend gewesen, wie die Frauen in bald zwei Jahrzehnten *bemannter* Raumfahrt — übrigens ein bezeichnender Ausdruck — benachteiligt worden waren? Abgesehen von ein oder zwei Kosmonautinnen, die wenige Erdumkreisungen drehen durften, hatten sich wieder einmal die Männer das Prestige der Pioniertaten vorbehalten.

Schlimmer noch: Sogar Schimpansen und Hunde konnten, ihre Zeitschrift hatte das recherchiert, auf längere Raumaufenthalte verweisen als der weibliche Teil der Menschheit!

Emmas Miene, die bei diesen Erinnerungen recht unwillig geworden ist, entspannt sich nun wieder. „Unsere Reise“, sagt sie halblaut und wendet sich von der Luke ab, „wird auch den konservativsten Männer beweisen, daß die Geschlechter an Mut und Ausdauer gleichwertig sind.“

Sie blickt hinüber zur Schiebetür, die den Schlafraum von Dr. Flora verbirgt, ihrer Mitreisenden in Sachen Wissenschaft. Der Borddienst macht einen Schichtbetrieb nötig, sodaß sich die beiden Frauen täglich einige Stunden nicht zu Gesicht bekommen. Wenn Emma ganz leise ist, kann sie dennoch gelegentlich etwas von Flora hören: Zuerst wohlige Seufzer, dann ein Keuchen und Stöhnen, das bis in die Steuerkabine dringt.

„Offensichtlich erotische Träume“, denkt Emma und schaut wieder hinaus in das All.

„Bis jetzt bin ich vollauf zufrieden", meint Direktor Seimann zu seinem Wochenendgast.

„Trinken wir auf die Gleichberechtigung der Frau!"

Die Yacht „Kapital I" gleitet zügig durch die Wellen der Nordsee. Dorthin eingeladen zu werden, gilt als persönliche Auszeichnung, die der sportive Konzernchef nur allerwichtigsten Mitarbeitern gewährt. Ein solcher ist Dr. Korn zweifellos — und nicht nur als Ehemann der weltweit bekannten Frau Dr. Flora.

„Zu Beginn war ich ja eher skeptisch", fährt Seimann jetzt fort, „denn für mich hieß das Ganze zunächst, auf eine Spitzenkraft ein volles Jahr lang verzichten zu müssen. Meiner Werbeabteilung ist es freilich gelungen, mir die Vorteile nachzuweisen: Eine Mitarbeiterin, die täglich von den Medien als Heldin gepriesen wird, bringt auch für den Konzern einiges."

Sein Gegenüber blickt lächelnd auf das Glas Whisky in seiner Rechten und findet es schön, wie die Eiswürfel Schleier von Schmelzwasser werfen. Er ist angenehmer, ausgeglichener Stimmung, und das nicht nur, weil er mit Seimann bereits fast eine Flasche des milden und zugleich harten Getränks geleert hat.

„Auch mir, Herr Direktor“, antwortet Korn, „war es ursprünglich gar nicht recht, daß Flora an diesem Raumflug teilnimmt. Die Gewißheit, ein volles Jahr von ihr getrennt sein zu müssen, hat mich doch sehr belastet. Ihr ist es übrigens genauso gegangen: Wir sind nämlich, trotz unseres Trauscheins, noch immer ein Liebespaar — wenn ich es so ausdrücken darf.“

„Ja sehen Sie“, meint Direktor Seimann und blickt aufmerksam aus seinem Deckliegestuhl, „diese sozusagen private Seite war mir eigentlich kaum bewußt. Ich habe die Teilnahme von Frau Dr. Flora stets aus dem Blickwinkel des Konzerns betrachtet und letztlich auch deshalb begrüßt. Aber für Sie als Paar ist das Ganze womöglich ein Opfer?“

Korn fährt in Gedanken über die Decke aus Kaschmir, die ihn vor dem steifen Abendwind schützt.

„Nach wie vor stört mich“, antwortet er, „daß dieser Rekordflug kaum wissenschaftlichen Wert hat, sondern einer zweifelhaften Emanzipation dient. Bedenken Sie doch: Ein volles Jahr Einsamkeit in der Erdumlaufbahn, nur um die männlichen Rekorde für Raumaufenthalt zu brechen! Auch Fräulein Emma, die das alles erfunden hat, wird unter diesen unnatürlichen Verhältnissen leiden — vielleicht sogar stärker als Flora, wer weiß? Aber, um Ihre Frage zu beantworten, für *uns* konnten wir vermeiden, daß die Sache ein Opfer wurde."

Korn lächelt geheimnisvoll und nippt an seinem Glas Whisky.

Nach einem Blick zum Himmel, an dem schon der Abendstern funkelt, redet er weiter.

„Ich habe oft das Gefühl, daß Flora gar nicht dort oben herumfliegt. Auch wenn die Wirklichkeit anders ist: Wir können einander nahe bleiben. Geradezu *körperlich* nahe."

Direktor Seimann runzelt verwundert die Brauen. Die Trennung macht ihm ja doch zu schaffen, denkt er. Vielleicht hat ihn auch der Whisky sentimental gestimmt?

„An Bord meiner Yacht", meint er nun, „gibt es jedenfalls mehr Unterhaltung als in der Erdumlaufbahn. Das Dinner beginnt in einer Stunde — in, wie ich versprechen darf, charmanter Gesellschaft. Auch der Frachtraum ist mit Köstlichkeiten gefüllt, und der Koch hat Talent."

Mit einer federnden Bewegung erhebt sich Seimann aus seinem Deckliegestuhl.

„Damit Du meinen Beruf beurteilen kannst", sagt Flora, „muß ich Dir von der menschlichen Haut erzählen."

Emma nickt und lehnt sich behaglich zurück. Jetzt, da die beiden Frauen schon fast ein Drittel ihres Raumaufenthalts bewältigt haben, ist der tägliche Borddienst bereits Routine und läßt manche Zeit für Gespräche.

„Die Haut ist unser größtes und vielseitigstes Sinnesorgan. Ihre Fläche ergibt sich daraus, daß sie den ganzen Körper und seine Öffnungen nach innen bekleidet — insgesamt tausende Quadratzentimeter. Und sie erfüllt, zum Unterschied von anderen Organen, gleich mehrere Funktionen: Während die Augen sehen, die Ohren hören, die Zunge schmeckt und die Nase Gerüche aufnimmt, hat die Haut gleich drei eigene Wahrnehmungswege — den Tastsinn, den Sinn für Temperatur und den — einseitig so genannten — Schmerzsinn. Außerdem ist die Haut lebensnotwendig, weil sie eine selbständige Atmung durchführt. Anders gesagt: Ohne Haut wüßtest Du nichts über Glätte und Rauheit, Wärme und Kälte, Lust oder Schmerz; und müßtest bei vollen Lungen ersticken."

„Ich *liebe* meine Haut", sagt Emma und hält ihre Hände im Schoß. „Ich spüre genau, wie sie lebt, genieße ihre Durchblutung und fasse sie gerne an." Emma räkelt sich auf ihrem Sitzplatz, und ihr Gesicht ist dabei sehr irdisch — wie der Planet Erde, der das Sichtfenster hinter ihr ausfüllt.

„Du mußt aber wissen", fährt Flora rasch fort, „daß unsere Haut nicht allen Tätigkeiten gewachsen ist. Das hat es immer gegeben: Verbrennungen waren früher nicht selten, wenn kein Temperaturschutz vorhanden war. Heute, wo in der Arbeitswelt nicht nur *Wärme*strahlen vorkommen, werden freilich Schutzanzüge verwendet. Trotzdem zeigt die natürliche Haut in gewissen Berufen chronische Zerfallserscheinungen. Dieses Phänomen hat auch unseren Konzern betroffen, und Direktor Seimann beauftragte schließlich meinen Mann und mich, eine Lösung zu finden."

„Die einfachste Möglichkeit", unterbricht Emma, „nämlich die gesundheitsschädlichen Arbeiten überhaupt aufzugeben, wäre wohl keine Lösung gewesen?"

„Keine, die in unsere Zeit paßt", antwortet Flora. „Die früher von Umweltschützern demagogisch gestellte Frage, ob der technische Fortschritt dem Menschen oder der Mensch dem technischen Fortschritt zu dienen habe, ist ja unwiderruflich geklärt: Eine *Anpassung* des Menschen an neue Technologien ist für ihn ein Gewinn und nicht eine Niederlage!"

Emma hat diese Antwort erwartet. Um in der Männerwelt Karriere zu machen, denkt sie, muß man deren Sprachregelungen beherrschen. Unsere Träume vom „weiblichen Prinzip", das alle Lebensbereiche vermenschlichen sollte, als „sanfte Technik" zum Beispiel, waren offensichtlich nicht zu verwirklichen. Emanzipation scheint heute nur möglich durch *Konkurrenz* mit dem Mann innerhalb *seiner* Ordnung. Weil wir das wissen, machen wir Dinge wie diesen Raumflug!

„Wir gingen also daran", fährt Flora fort, „eine künstliche Haut zu entwickeln, die einerseits Strahlenschutz leisten, andererseits als Sinnesorgan verwendbar sein sollte.

Der erste Teil dieser Aufgabe war relativ einfach: Es ging lediglich darum, ein Material zu entwickeln, das unerwünschte Strahlungen reflektiert; freilich sollte unser Produkt medizinisch verwendbar sein, also Menschen mit Hautverletzungen verpflanzt werden können. Es durfte daher nichts gemeinsam haben mit dem klobigen Material jener Schutzanzüge, die bis dahin gebräuchlich waren, sondern sollte möglichst *hautähnlich* beschaffen sein.

Der zweite Teil unserer Aufgabe, nämlich die Verwendbarkeit dieses Produkts als *Sinnesorgan,* war der ungleich schwierigere.

Wir fanden allerdings bald heraus, daß nicht in allen Fällen, in denen künstliche Haut verlangt wird, die volle Sinneskapazität notwendig ist. Wenn sich etwa ein Mitarbeiter bei seiner Tätigkeit eine Verletzung am Rücken zuzieht, so muß die Ersatzhaut nicht sonderlich qualifiziert sein; anders freilich bei einer Verletzung an Händen und Fingern, wo die Haut bedeutend mehr Sinneszellen, vor allem Tastkörperchen, aufweist.

Aufgrund dieser Erfahrung haben wir schließlich *drei* Typen künstlicher Haut entwickelt, die bisher in allen Fällen zufriedenstellend verpflanzt werden konnten. Unser Konzern stellt sie bedürftigen Mitarbeitern unter den Markenbezeichnungen ‚Leder', ‚Pergament' und ‚Pfirsich' im Rahmen seiner Sozialleistungen kostenlos zur Verfügung.

Wie schon die Bezeichnungen sagen, handelt es sich um Ersatzhauttypen mit verschieden starker Sinneskapazität; der Unterschied liegt in der Zahl der mikroskopisch angefertigten Sinneszellen und künstlichen Nervenbahnen, die den Anschluß ans gesunde Gewebe herstellen.

In den letzten Monaten vor meiner Abreise ist dann überraschend ein Problem aufgetaucht: Mein Mann und ich mußten erfahren, daß gewisse nahe

Angehörige — im Gegensatz zu den Empfängern selbst — mit der Ersatzhaut nicht völlig zufrieden waren. Ihre Beschwerden hatten alle den gleichen Inhalt, beruhten auf Erfahrungen im Intimbereich und lauteten, vereinfacht gesagt, so: ‚Diese Haut greift sich tot an.'

Tatsächlich ist die Beschaffenheit unserer Erfindung — ihre genaue Zusammensetzung ist selbstverständlich patentiert und geheim — die einer plastikartigen Folie. Wenn diese Folie auch demjenigen, dem sie verpflanzt wird, die gewünschten Dienste zu leisten imstande ist, so faßt sie sich doch für eine andere Person anorganisch und kühl an; jedenfalls anders, als die sie umgebenden Partien natürlicher Haut.

Erst diese Beschwerden machten uns klar, wie sehr die menschliche Haut auch ein Kommunikationsmittel ist: Sie dient ja nicht nur dazu, Sinneseindrücke entgegenzunehmen, sondern hilft ihrem Besitzer auch, anderen Menschen welche zu geben — vor allem, und aus diesem Bereich kamen ja die Beschwerden, durch körperliche Berührungen bis hin zur Sexualität. Mein Mann und ich waren damals ganz jung verheiratet, und nichts lag uns ferner, als das Liebesleben und seine Wunder durch unsere Erfindung zu beeinträchtigen!

Erfreulicherweise war die Lösung auch dieses Problems nicht allzu schwierig: Aus umfangreichen Untersuchungen des natürlichen Hautverhaltens gewannen wir die nötigen Daten, sodaß noch vor meinem Abflug alle drei Typen Ersatzhaut mit den passenden Eigenschaften versehen werden konnten. Diese neuen Modelle unterscheiden sich nach Temperatur, Oberfläche und Feuchtigkeit kaum mehr von gesunder natürlicher Haut."

Flora macht eine Pause.

„Die Geschichte geht zwar noch weiter", sagt sie dann mit einem Blick auf den Dienstplan, „aber ich glaubc, daß mein heutiger Vortrag schon lange genug war. Außerdem möchte ich jetzt, vor Antritt der nächsten Schicht, noch einige Stunden schlafen."

Zehn Minuten später hört Emma, inzwischen allein in der Steuerkabine, durch die Schiebetür vertraute Geräusche. Sie hat heute besonders gespannt auf dieses Seufzen und Stöhnen gewartet.

„Daß Flora tagtäglich erotische Träume hat", denkt sie, „ist eigentlich unwahrscheinlich."

Emma wird plötzlich ganz heiß, und sie hat größte Lust, zu ihrer Freundin ins Zimmer zu schlüpfen.

In der Kapitänskajüte geht es am Abend hoch her. Der Salon, mit seiner antiken Täfelung aus Mahagoni, kostbaren Kandelabern und luxuriösen Teppichen ein Schmuckstück der Yacht, weist heute zusätzliche Glanzlichter auf: Die eintretenden Gäste werden von weiblichen Stewards begrüßt, mit Gläsern funkelnden Sherrys versehen und an ein prächtiges kaltes Buffet gebeten. Direktor Seimann hat sich ins weiße Dinner-Jackett geworfen und wirkt heute abend sehr aufgeräumt. Auch die übrigen Gäste — es sind ausschließlich Herren aus der Vorstandetage — scheinen vielversprechender Laune zu sein.

Korn wundert sich etwas, als ihn eine der Stewardessen, ein ausgesucht hübsches Mädchen, vertraulich wie eine Freundin anspricht und ihm dann an der Tafel nach seinen Wünschen den Teller füllt. Diese Verwunderung macht aber gleich einer größeren Platz: Anscheinend sind alle Speisen, das erkennt Korn auf den ersten Blick, aus *Naturprodukten* zusammengestellt!

Als sich Korn erfreut über eine Avocadofrucht hermacht, zartrosa Krabben auf der Zunge zergehen läßt und reisgefüllte Weinblätter kostet, fällt ihm ein altes Gerücht ein: Seinerzeit hätten gewisse Leute, mit Geschick und viel Geld, die *letzten Ernten* vor dem Aussterben der Pflanzen- und Tierwelt an sich gebracht. Diese Leute könnten noch heute, wenn auch sparsam, tiefgefrorene Naturprodukte genießen, und hätten sich nicht, wie die übrige Menschheit, an moderne synthetische Nahrung gewöhnt!

„Daß mein Chef zu diesen Privilegierten gehört", denkt Korn ohne Mißbilligung, „hätte ich eigentlich ahnen können."

Er wird von dem Mädchen, das sich anscheinend weiterhin um ihn kümmern möchte, zu einem weniger umdrängten Platz der Kajüte gelotst. Dabei berührt ihn für einen Moment ihr nackter, gebräunter Arm, und Korn spürt eine fast vergessene Sehnsucht aufsteigen.

Die nächsten Stunden des festlichen Abends erlebt Korn mit steigendem Wohlbehagen. Lange vermißte Köstlichkeiten genießend speist er sich durch ein mehrgängiges Essen, trinkt dazu einen Tropfen, der anders schmeckt als der alltägliche Kunstwein, und plaudert aufs angenehmste mit seiner Begleiterin, die fortwährend näher rückt.

„Wollen wir tanzen?" fordert sie ihn schließlich auf, als ein kleines Salonorchester, das unbemerkt Aufstellung bezogen hat, mit der Darbietung sanfter Melodien beginnt. Über die Schulter des

Mädchens, das gleich darauf an ihn geschmiegt seine langsamen Schritte lenkt, nimmt er wahr, daß sich der Abend allmählich seinem erotischen Ende zuneigt: Einige Herren sitzen, ihre Begleiterinnen auf dem Schoß, in intimeren Ecken; andere scheinen ihre Mädchen schon bald nach dem Essen in die Kabinen genommen zu haben.

Nur Direktor Seimann, der an der Bar steht und ab und zu wohlwollend nach seinen Gästen blickt, ist noch nicht in Umarmungen verstrickt. Wahrscheinlich lobt er seine ihm buchstäblich nahe stehende Privatsekretärin, die zum Unterschied von den anderen Mädchen auf damenhaftes Äußeres hält, für die gelungene Organisation des Abends.

„Sogar als Bordellwirtin wäre sie tüchtig", schießt es Korn durch den Kopf. Mittlerweile läßt ihn seine Tanzpartnerin — durch alle Kleidung — immer mehr von ihrem Körper spüren, und er weiß, daß er sich entscheiden muß.

Ein Musikstück ist zu Ende, und Korn löst die Hände von den warmen Schultern des Mädchens.

„Ich werde mich jetzt zurückziehen", sagt er. „Ich sehne mich nach meinem Bett."

Das Mädchen begreift nicht sofort.

„Soll ich mitkommen?" fragt sie.

Korn schüttelt den Kopf. „Ich bin verheiratet“, sagt er ernsthaft. „Aber ich danke für Ihre nette Gesellschaft.“

Korn geht alleine zum Ausgang. An der Bar muß er freilich seinem Gastgeber Auskunft geben: Warum er sich nicht mit dem Mädchen über die Trennung von seiner Ehefrau trösten wolle, will Seimann wissen, und die Sekretärin hat ein enttäuschtes Gesicht.

„Wir haben beschlossen, einander *treu* zu bleiben“, erklärt Korn gelassen. „Nichts für ungut.“

Die Sekretärin blickt ihm fassungslos nach. „Das ist doch gar nicht gesund!“ flüstert sie, als sie wieder allein sind. „Ein Jahr völlig ohne . . .!“

„Er scheint nicht einmal in Versuchung geraten zu sein“, grübelt Seimann. „Ob seine Frau auch so standhaft wäre?“

„Momentan bleibt ihr nichts anderes übrig“, lächelt die Sekretärin, „dort draußen im Weltall.“

Heute hat Emma genug.

Das Seufzen und Stöhnen, das wieder einmal aus Floras Kabine kommt, erregt und erhitzt sie. Mit dem unklaren Wunsch, an dem teilzuhaben, was drinnen abläuft, geht sie zur Schiebetür. Sie faßt sich ein Herz und schlüpft in das Abteil ihrer Freundin.

„Als ob ein *Mann* bei ihr wäre“, denkt Emma, die zunächst gar nichts sieht und nur ein gewisses Keuchen hört. Dann dringt ein Lichtstrahl durch die Luke herein, die Raumkapsel wechselt soeben von der nächtlichen auf die helle Seite der Erde, und Flora liegt in der Sonne, die Beine geöffnet, die Arme seitlich am Körper, nackt unter einer durchsichtigen Folie, die sich in Wellen an ihr bewegt wie im Wind.

„Eigentlich hast Du schon alles gesehen“, sagt Flora eine halbe Stunde danach. „Aber ich will Dir die Geschichte zu Ende erzählen.“

Die beiden Frauen sitzen, wie schon so oft, einander im Steuerraum gegenüber. Obwohl Flora wieder vollständig bekleidet ist, geht Emma der Anblick von vorhin, so schön und so rätselhaft, nicht aus dem Sinn.

„Ich hab Dir von unserer Ersatzhaut erzählt“, beginnt Flora, „und von ihrem anfänglichen Mangel, sich anorganisch und kühl anzufassen. Du weißt, daß mein Mann und ich dieses Problem noch vor meinem Abflug lösen konnten, und daß sich die neuen Modelle in Temperatur, Oberfläche und Feuchtigkeit kaum mehr von natürlicher Haut unterscheiden.

Die dafür nötigen Daten haben wir aus genauen Untersuchungen des menschlichen Hautverhaltens gewonnen, zunächst natürlich beschränkt auf *die* Körperstellen, die Mitarbeiter unseres Konzerns als gefährdet angaben. Dann haben wir uns zu einer Fleißaufgabe entschlossen: Wir gingen daran, die *gesamte* Hautoberfläche eines bestimmten Körpers in Datenform zu erfassen. Dabei ging es uns nicht um Durchschnittswerte (wie bisher), sondern um die *konkreten Daten einer Person.* Es war, wie gesagt, ein privater Versuch, der weit über den Auftrag des Konzerns hinausging und diesem auch gar nicht mitgeteilt wurde.

Wir haben zunächst meinen Mann als Vorlage genommen und dabei sehr rasch gemerkt, daß Hautverhalten nichts Statisches ist: Dieselbe Körperpartie kann sich — je nach Aktivität — ganz verschieden benehmen! Besonders auffällige Veränderungen ereignen sich etwa — und zwar innerhalb kürzester Zeit — bei Betätigungen sexueller Art.

Ob uns an diesem Punkt nur die wissenschaftliche Herausforderung gereizt hat, oder ob uns schon eine private Anwendungsmöglichkeit vorgeschwebt ist, vermag ich heute nicht mehr zu sagen. Nach dem Vorbild von *Dr. Masters und Mrs. Johnson,* die schon in den sechziger Jahren in St. Louis/USA an über sechshundert Männern und Frauen entsprechende Messungen durchgeführt hatten, nahmen wir jedenfalls, mit uns selbst als Versuchspersonen, die Daten eines Koitus auf. Es war eine Unzahl einzelner Verhaltensimpulse, die wir getrennt auf Magnetbändern speicherten — eine Kassette für *mein* Hautverhalten, und eine für das meines Mannes. Was wir den erwähnten Sexologen voraus hatten, war aber folgendes: Erstmals schienen die gesammelten Daten — und zwar mit Hilfe der künstlichen Haut — *reproduzierbar!*

Fasziniert von der Vorstellung, unsere einjährige Trennung dadurch erträglicher zu gestalten, haben wir bis zuletzt an dieser Erfindung gearbeitet: Am *Mantel Vergißmeinnicht.*

Du hast ihn ohnehin schon gesehen: Ein körpergroßes Stück Folie, durchzogen von winzigen Leitungen, die das Impulsprogramm der Kassette an den entsprechenden Stellen wieder ablaufen lassen. Ein intimes Erinnerungsstück, das meinen Mann enthält, wie er mich liebt — und ich ihn! Seinen Mund, seine Hände, seine Bewegungen."

Emma hat mit wachsender Einsicht zugehört. Deshalb also das tägliche Seufzen und Stöhnen aus der Kabine!

„Ich hoffe natürlich“, fährt Flora fort, „daß auch mein Mann seinen Mantel häufig verwendet — um seine Liebe zu mir zu bestärken und irdischen Versuchungen standzuhalten.“

Emma hat eine andere Hoffnung.

„Würdest Du“, fragt sie und schluckt, „mir Deinen Mantel ein Stündchen leihen?“

Das Jahr ist um, die Raumkapsel der beiden Frauen landet sanft im Pazifischen Ozean. Zur Bergung hat sich ein einziges Schiff eingefunden: Die Yacht „Kapital I“, von Direktor Seimann persönlich gesteuert. Die beiden erfolgreichen Astronautinnen sind kaum glücklich an Bord gehievt, als sie schon zu einer Besprechung in die Kapitänskajüte gebeten werden. Neben Direktor Seimann und dessen Sekretärin ist zu Floras Freude auch Korn anwesend, der gleich leidenschaftlich umarmt wird — und zwar nicht nur von Flora, sondern genauso von Emma.

„Diese erste Begrüßung, meine sehr verehrten Damen“, beginnt nun Direktor Seimann, „findet deshalb in ganz kleinem Kreis statt, weil Sie gewisser Vorausinformationen bedürfen, um sich bei uns wieder einzuleben. In Ihrer Abwesenheit hat die Erde nämlich etwas erlebt, das man mit Fug und Recht eine *Revolution* nennen kann."

„Tatsächlich?" fragt Emma staunend. „Wurde etwa der Kapitalismus besiegt?"

„Das wieder nicht", lächelt Seimann. „Die Eigentumsverhältnisse sind gleichgeblieben.

Aber das *Mann-Frau-Verhältnis* hat eine Umwälzung erfahren, die durchaus im Sinne Ihrer Emanzipationsbestrebungen liegen könnte."

„Also war unsere Reise erfolgreich?" fragt Emma. „Haben die Männer endlich begriffen, daß die Geschlechter gleichwertig sind? Daß die Frauen es satt haben, bloße Sexualobjekte zu sein?"

„Letzteres hat tatsächlich keine Frau auf der Welt mehr nötig", sagt Seimann. „Und mit Ihrer Reise hat es zugegebenermaßen zu tun. Kausal war freilich eine *Erfindung,* die Frau Dr. Flora zusammen mit Dr. Korn noch vor dem Abflug fertiggestellt hat."

„Der Mantel Vergißmeinnicht!" ruft Flora und errötet ein wenig. „Hast Du unser Geheimnis verraten?" will sie dann, Böses ahnend, von ihrem Ehemann wissen.

Korn nickt und versucht, das Bedauern, das ihn plötzlich überkommt, nicht zu zeigen. „Ja", sagt er schließlich, „in einer schwachen Minute."

„Sie müssen verstehen", schaltet sich nun die Sekretärin von Seimann ein, „daß wir negative Auswirkungen dieser einjährigen Trennung auf Herrn Dr. Korn und seine Arbeitsleistung befürchten mußten. Umso überraschter waren wir dann, daß alle Versuche, ihn abzulenken, anscheinend unnötig waren: Dr. Korn konnte sein ausgeglichenes, zufriedenes Wesen mühelos beibehalten."

„Erst im Gespräch von Mann zu Mann", fährt nun Direktor Seimann fort, „habe ich von jener Erfindung erfahren, die meinen geschätzten Mitarbeiter die Trennung von seiner reizenden Frau so ganz ohne Seitensprünge verkraften ließ."

„Du hörst", wendet sich Korn jetzt an Flora, „daß ich Dich niemals betrogen habe! Aber ich war gezwungen, das Geheimnis meiner Standhaftigkeit zu lüften: Unseren Mantel Vergißmeinnicht."

„Der mittlerweile die ganze Menschheit erfreut!" fügt Seimann hinzu. „Mir war schon beim ersten Gespräch mit Herrn Dr. Korn klar, daß diese Erfindung nur einen *logischen Fortschritt* in der Geschichte der Unterhaltungsmedien darstellt: Wie der Mensch schon vor mehr als einem Jahrhundert durch die Schallplatte akustische Genüsse festhalten lernte und bald darauf durch den

Film auch das Sehvergnügen konservieren konnte, so hat er es jetzt geschafft, auch seiner *Haut* beliebig oft Unterhaltung zu bieten!

Unser Konzern hat das neue Medium binnen kurzem serienreif gemacht, und es erfreut sich natürlich ungeheurer Beliebtheit. Was unsere kleinen Kassetten, die in Aussehen und Spieldauer den üblichen Tonbandkassetten vergleichbar sind, alles können, wird Ihnen meine Sekretärin erläutern."

„Ob alleinstehend oder verheiratet", beginnt eifrig die Sekretärin, „ob Mann oder Frau — kaum ein Erwachsener wird unser Produkt in seinem Schlafzimmer missen wollen. Abspielbar über jeden Folienmantel, sorgt es für alle Bedürfnisse, die auf diesem Gebiet vorstellbar sind."

Sie stellt ein Köfferchen auf den Tisch, und beim Betrachten der Kassetten, die sie daraus hervorholt, beginnen Flora und Emma zu ahnen, welche Art von „Revolution" die Erde in ihrer Abwesenheit erlebt hat.

„Es sind Stars neuer Art", spricht die Sekretärin jetzt weiter, „mit denen wir diese Kassetten aufnehmen: körperlich makellose Männer und Frauen, Liebhaber höchsten Grades, voll Erfahrung und Phantasie. Besonders beliebt ist unser enzyklopädisches Kassettenwerk ‚Alle Stellungen', das bereits über hundert Titel umfaßt und ständig neu aufgelegt werden muß. Auch für exklusivere Geschmacksrichtungen ist gesorgt: Wir bieten Programme, die brutal oder hingebungsvoll ablaufen, Programme mit Zunge und Mund, auch solche mit gleichgeschlechtlicher Liebe. Gerne benutzt wird auch die Möglichkeit der *sofortigen Wiederholung* — die Kassette wird einfach zurückgespult und läuft mit allen Genüssen noch einmal ab. Feinschmecker ergötzen sich auch an der Möglichkeit, die die *Schnellauftaste* zu bieten hat... Und selbstverständlich ist jedes unserer Geräte mit einer Orgasmusgarantie ausgestattet."

„Wie Sie sehen", meldet sich nun Seimann zu Wort, „verhindern es unsere Kassetten, daß Menschen weiter als Sexualobjekte mißbraucht werden können! Wer im Besitz unserer Produkte ist, wird damit sein volles Auslangen finden; sie machen jedes Wunder verfügbar, das die körperliche Liebe zu bieten hat, und ersparen dem Konsumenten gleichzeitig alle Schattenseiten wie Eifersucht, Streit und Haß, zu denen die Liebe oft führen kann. Seit sie auf diese Weise wirklich *jedem* zugänglich ist, sei er noch so unattraktiv oder schüchtern — ich bezeichne das gerne als *Demokratisierung der Sexualität* –, erleben wir einen spürbaren Rückgang an Neurosen und Vergewaltigungen, für den uns die Behörden sehr dankbar sind. Wie unglaublich gut unser Produkt ist, zeigt sich am deutlichsten daran, daß immer weniger Menschen die Liebe auf die alte, körperliche Art praktizieren."

„Was habt Ihr nur aus unserer zärtlichen Erfindung gemacht?" will Flora wissen. „Aus unserem Mantel Vergißmeinnicht?"

Sie sitzt mit Korn in dessen Kabine, bemüht, das Gehörte halbwegs zu verdauen.

„Die Leute schlafen nicht mehr miteinander?!" fragt sie ihren Mann.

Korn nickt.

„Und man geht – außer in einigen katholischen Ländern der Dritten Welt – keine Ehen mehr ein. Und es werden keine Kinder gezeugt, weil der Mantel unfruchtbar ist."

„Bist Du mit dieser Entwicklung auch einverstanden?" fragt Flora. „Ihr habt eine Erfindung zum Besten der Liebe zu einer *gegen* die Liebe gemacht!"

Korn blickt sie nachdenklich an.

„Der Gang der Dinge war unvermeidlich", versichert er dann. „Nicht nur, daß

Seimann ein großes Geschäft macht — die Menschheit ist nach diesen Kassetten *süchtig*, es wäre unmöglich, sie zu verbieten!

Auch die Mächtigen dieser Welt sprechen sich eindeutig *dafür* aus, weil ihnen diese Erfindung ausgeglichene Bürger und zufriedene Arbeitnehmer beschert. *Dagegen* ist eigentlich nur die Kirche: Der Papst hat in seiner ‚Enzyklika Cassetti' den Gläubigen die Verwendung verboten, weil er sie für eine Art Ehebruch hält."

„Na gut", meint Flora. „Aber was machen *wir* jetzt?" Korn lächelt verheißungsvoll und will seinen Arm um sie legen.

„Oder nimmst Du lieber von hier etwas?" zweifelt er plötzlich.

Flora wirft einen Blick auf den Koffer, den Korn unterm Bett hervorzieht und aufklappt. „Später vielleicht", sagt sie. „Jetzt will ich es noch einmal so wie früher."

(1978/1979)

Das neue Daimonion

„Was früher einmal der Krieg war, ist heute der technische Fortschritt!“

(DR. FLORA)

DIE Luxusyacht „Kapital I“ steuert seit einigen Stunden geradewegs nach Südwesten. Die Mündungsgebiete von Themse und Rhein sind bereits, ohne daß sie in Sicht gekommen wären, passiert, und nun fährt das Schiff in die Straße von Dover ein.

„Typisches Kanalwetter heute!“ Korn tritt an eines der großen Fenster in der behaglich getäfelten Kapitänskajüte.

„Der Nebel reicht bis auf das Wasser“, seufzt Flora, „dabei hätte ich zu gern die Kreideklippen der englischen Küste gesehen!“

„Wenn wir auf Kurs bleiben, müssen wir bald sonnigere Breiten erreichen.“

Die beiden, seit Jahren durch wissenschaftliche Arbeit und sogar einen Trauschein verbunden, befinden sich nicht allein im Salon. An der Bar, die mittschiffs mit Mahagoni und Messing prunkt, lehnen zwei Herren: Ingenieur Schmidt, der Leiter der Forschungsabteilung, wie Flora und Korn schon des öfteren Wochenendgast auf der Yacht, und ein Dozent Kindler, Psychologe, erstmals an Bord.

„Wer nimmt mit uns einen Aperitif?" tönt es nun vom Kajüteneingang. Direktor Seimann, der erfolgreiche Industrielle und geübte Wochenendkapitän, betritt jovial lächelnd den Raum. Auf dem Fuß folgt ihm, elegant gekleidet wie immer, seine Privatsekretärin.

„Diese allzeit verläßliche Dame", sagt Seimann zu seinen Gästen, „ist bereit, an der Bar auszuhelfen. Unser Schiff hat nämlich diesmal kaum Mannschaft an Bord."

Eine Stunde später sitzt die Gesellschaft am Speisetisch des Salons und genießt eines jener erlesenen Abendessen, für die die Seimannschen Yachtausflüge berühmt sind. Aufgetragen werden die einzelnen Gänge vom Chefsteward persönlich, der diesmal, wie man erfährt, tatsächlich das gesamte Bordpersonal darstellt.

Nach dem Früchtedessert, das, wie die Fleisch- und Gemüsegerichte davor, erstaunlich naturecht geschmeckt hat, lehnt sich Seimann zurück.

„Meine Damen und Herren", beginnt er, „es gibt einen wichtigen Punkt, in dem sich unsere Reise von früheren Ausflügen unterscheidet. Neben Erholung und Entspannung für Sie, meine engsten Mitarbeiter, habe ich diesmal ein zusätzliches Ziel vor Augen; dieses erfordert, seines vorläufig geheimen Charakters wegen, den weitgehenden Verzicht auf Mannschaft. Sollte Ihre Bequemlichkeit darunter leiden, hören Sie schon jetzt meine Entschuldigung — aber auch mein Versprechen, daß Sie dafür an einer Entscheidung von höchster Bedeutung mitwirken werden können."

Seimann macht eine Pause und läßt seinen Blick auf dem Steward ruhen, der eben Kaffee mit Kognak serviert: „Oliver ist in die Sache eingeweiht. Er wird uns dabei auf seine Art unterstützen, nicht wahr?"

„Sehr wohl, Herr Direktor", antwortet der massige Stewart und verbeugt sich gemessen.

„Worum geht es mir also? Man könnte das, was ich beabsichtige, ein *Brainstorming* nennen. Sie wissen schon: dabei setzen sich einige Leute zusammen, möglichst in entspannter Umgebung, und versuchen, ein vorgegebenes Problem zu lösen — spontan, assoziativ, ohne Scheu auch vor Wegen, die aufs erste vielleicht verrückt anmuten. Das Problem, um das es *mir* geht, ist nun eines, dessen Wichtigkeit wohl außer

Frage steht: Wie sichern wir das Weiterbestehen der menschlichen Rasse?"

Seimann blickt in die Runde und lächelt vertraulich. „An der Lage, wie sie sich momentan darstellt, ist unser Konzern nicht ganz unbeteiligt. Jene *Sexfolien* nämlich, die von Frau Dr. Flora und Herrn Dr. Korn erfunden und von Ingenieur Schmidt serienreif gemacht worden sind, bringen uns wohl weltweit sehr anständige Gewinne; andererseits genießen diese Intimprogramme eine derartige Beliebtheit, daß kaum noch jemand sexuelle Lust auf leibhaftige Partner hat. Weil also Geschlechtsverkehr im früheren Sinn überholt ist, verlieren manche Weltgegenden bereits ganze Geburtsjahrgänge!

Die Folgen davon sind leicht zu erkennen: Zwar ist das Problem der Überbevölkerung dadurch gelöst — aber um welchen Preis? Auf diese Art wird nämlich, wenn ich es so formulieren darf, das *Kind* mit dem Bad ausgeschüttet!

Anders gesagt: Die menschliche Fortpflanzung ist praktisch zum Stillstand gekommen und so lange nicht der Rede wert, bis eine *alternative Form,* Nachkommenschaft zu erzeugen, entdeckt ist!"

Die Tischrunde hat aufmerksam zugehört.

„Und diese alternative Form", fragt Flora nach einer Weile, „sollen wir in unserem Brainstorming finden?"

„Ganz recht. Da es der Bevölkerung selbst in der Sache offensichtlich an Verantwortungsbewußtsein mangelt, muß sich eine übergeordnete Größe, eben unser Konzern, dem Problem widmen. Ich habe mir das so vorgestellt: Sie, geschätzte Kollegin, werden zusammen mit Ihrem Mann Lösungsvorschläge machen — mit derselben Originalität und Brillanz, die Sie zum Nutzen der Firma schon des öfteren einbringen konnten. Herr Ingenieur Schmidt, mit dem Sie stets fruchtbar zusammengearbeitet haben, wird Ihre Ideen auf die technische und finanzielle Machbarkeit hin überprüfen. Herr Dozent Kindler schließlich, der zum ersten Mal an Bord meiner Yacht weilt, ist Fachmann für die Pädagogik und Psychologie des Kindes; er wird vom humanwissenschaftlichen Standpunkt aus ergänzende Überlegungen anstellen. Und dann möchte ich noch einen Mann beiziehen, der zwar nicht mehr persönlich bei uns sein kann, sich aber schon im Jahre 1932 konkrete Gedanken über unser heute so aktuelles Problem gemacht hat: den verstorbenen englischen Schriftsteller *Huxley* — beziehungsweise sein romanhaftes Werk ‚Schöne neue Welt'."

Seimann blickt seine Sekretärin an.

„Wenn Sie jetzt bitte so freundlich wären —", sagt er und zeigt in die Runde. Die Angesprochene klappt eine Tasche auf, nimmt einen kleinen Stapel Bücher heraus und verteilt sie an die staunenden Passagiere.

„Vielleicht können Sie noch heute abend", sagt Seimann, „einen Blick in Mr. Huxleys Arbeit werfen. Wir hätten dann morgen bereits eine gemeinsame Diskussionsgrundlage."

Flora hält ihre Augen geschlossen. Sie ist soeben erwacht und freut sich über das warme Orange, das durch ihre Lider dringt. „Die Sonne!" denkt sie. „Die Sonne scheint!"

Tatsächlich ist die Kabine, als Flora blinzelnd die Augen öffnet, vom Morgenlicht hell durchflutet. Flora kriecht unter der Decke hervor und geht barfuß zu ihrem Kabinenfenster. Ein blaues Meer rollt draußen vorbei, ein blauer Himmel spannt sich darüber.

Auch Korn wacht jetzt auf. Wie immer teilt er mit Flora eine bequem ausgestattete Kabine mit zwei Betten übereinander. Er räkelt sich unter derselben Decke, aus der Flora soeben geschlüpft ist, und betrachtet seine Frau mit Wohlgefallen. Das obere Bett ist auch diesmal, wie meistens bei gemeinsamen Wochenendfahrten, ohne Benützung geblieben.

„Das kann doch nicht mehr die Nordsee sein“, sagt Flora am Fenster und dreht sich zu ihm.

Korn kommt aus dem ziemlich zerwühlten Bett und macht einen Blick nach der Sonne: „Wir halten noch immer genau nach Südwesten. Das ist der Atlantik, ungefähr auf der Breite des Mittelmeers.“ Er umarmt sie, und in ihrer Körperwärme entdeckt er gerührt die Erinnerungen der Nacht.

„Glaubst Du“, fragt Flora, „daß es noch andere Leute gibt, die miteinander die frühere Zärtlichkeit pflegen?“

„Hier an Bord sicher nicht“, ist ihr Mann überzeugt. „Aber auch sonst ist die leibhaftige Liebe nicht mehr modern, wie Du weißt. Dazu sind die heutigen Sexfolien einfach zu gut.“

„Und warum machen *wir* es doch immer wieder auf die frühere Art?“

„Es ist anstrengender“, antwortet Korn, „aber schöner.“

„Die einzigen sind wir sicher nicht.“ Flora lächelt und überlegt: „Wahrscheinlich ist es wie seinerzeit mit der Hausmusik; die war nach der Erfindung der Schallplatte auch noch bei manchen Leuten beliebt.“

„Doch das war eine Minderheit“, stellt Korn fest, „genau wie in unserem Fall. Der Chef hat schon recht: Die wenigen Kinder, die dabei gezeugt werden, reichen für die Gesellschaft nicht.“

„Mir würde ein einziges reichen“, sagt Flora versonnen. „Ein einziges Baby für den Eigenbedarf! Oder hättest Du etwas dagegen?“

„Wie meinst Du das?“ erkundigt sich Korn.

„Allem Anschein nach bin ich schwanger“, antwortet Flora. „Und ich möchte das Kind *bekommen* — auch wenn es nicht mehr modern ist!“

Auf dem Sonnendeck der Yacht „Kapital I“ sind fünf Liegestühle kreisförmig aufgestellt. Die darin sitzenden Passagiere hören einer Gegensprechanlage zu, die in ihrer Mitte auf einem Tisch steht.

„Durch diese einfache Vorrichtung“, tönt eine Stimme aus dem kleinen Gerät, „kann ich an der Diskussion teilnehmen und gleichzeitig auf der Brücke meinen Pflichten als Kapitän nachkommen. Die See ist zwar ruhig, und unsere Steuerung erfolgt automatisch, aber ich sehe gern ab und zu nach dem Rechten.“

„Herr Direktor“, unterbricht Korn unvermittelt, „steuern Sie einen zufälligen Kurs, oder laufen wir einen Bestimmungsort an?“

„Was ich vorhabe“, antwortet Seimann nach einem Räuspern, „ist eine bequeme Kreuzfahrt bei heiterem Wetter; leider bietet das unsere vertraute Nordsee um diese Jahreszeit nicht. Schauen Sie über die Reeling, mein Lieber! Wo soll es hier im weiten Atlantik einen Bestimmungsort geben?“

Die Stimme aus dem Gerät, die bei dieser Antwort leicht irritiert klang, gewinnt jetzt wieder an Wärme.

„Bevor wir nun in medias res gehen, möchte ich Sie ersuchen, ein einziges *Dogma* anzuerkennen; es lautet: Die Menschheit *braucht* Nachkommenschaft! — Freilich würde mich interessieren, ob und wie weit Sie persönlich dieses Dogma begründen könnten. Also: Warum wollen wir eigentlich auch in Zukunft Kinder?“

„Weil es“, sagt Flora und errötet ein wenig, „zu den schönsten Dingen im Leben gehört, zusammen ein Baby zu haben. Weil man als Mutter oder als Vater seinem Leben einen zusätzlichen Sinn geben kann.“ Sie errötet noch mehr. „So war es zumindest in der Vergangenheit“, fügt sie leise hinzu.

„Aber die Gegenwart“, meint Ingenieur Schmidt von der Forschungsabteilung,

„schaut ganz anders aus, wie wir wissen! — Gestatten Sie deshalb ein nüchternes ökonomisches Argument: Kinder sind künftige Arbeitskräfte! Wenn nämlich längere Zeit keine jungen Leute ins Berufsleben nachwachsen würden, käme die Produktion wahrscheinlich auf allen Gebieten zum Stillstand!"

„Ich bin für Kinder", meldet sich als nächster der junge Dozent, der erstmals an Bord ist, „weil sie der Gegenstand meiner Ausbildung und meiner Tätigkeit sind."

„Und mir", so die Privatsekretärin von Seimann, „täte es einfach leid um die großartigen Errungenschaften des technischen Fortschritts! Denn wenn die Menschheit keinen Weg der Fortpflanzung findet, stirbt mit ihr unsere ganze Zivilisation aus, vielleicht die einzige im Universum!" Nur Korn hat noch nichts gesagt. Offensichtlich sind gar keine revolutionären Ideen nötig, denkt er, um die Pläne des Chefs zu rechtfertigen!

„Ich bin für Kinder", sagt er mit einem Achselzucken und lächelt, „weil schon in der Bibel steht: Seid fruchtbar und mehret Euch!"

Aus der Sprechanlage klingt undeutlich Gläserklirren. „Meine lieben Gäste, ich danke für die sehr interessanten Rechtfertigungen unseres Dogmas.

Bevor wir zum Hauptthema kommen, also zunächst die Vorschläge des verstorbenen Schriftstellers Huxley prüfen, wollen wir noch eine Erfrischung einnehmen. Oliver wird sie sogleich servieren."

„Herr Direktor", fragt Flora sanft, „wie lautet eigentlich *Ihr* Argument für menschliche Nachkommenschaft?"

Seimann steht auf der Brücke und blickt auf den blauen Atlantik hinaus, den der Bug seiner Yacht mit stetem Südwestkurs durchpflügt. Er faßt das Steuerrad fester und antwortet mit energischer Stimme:

„Meinem Wesen entsprechen am ehesten ökonomische Argumente — wie das von Ingenieur Schmidt, der Kinder als künftige Arbeitskräfte bezeichnet. Hier muß man freilich einkalkulieren, daß unsere gesamte Warenproduktion immer stärker automatisiert werden wird. Dem menschlichen Nachwuchs fällt deshalb wohl eine andere, aber keineswegs weniger wichtige Rolle zu: Wir brauchen Kinder als künftige *Konsumenten!* Als künftige zahlende Käufer!"

Die Passagiere rund um den Tisch nikken zu dieser Erklärung — drei von ihnen mit beifälliger, zwei mit betroffener Miene.

„Selbst Mr. Huxley", setzt Seimann stolz fort, „den wir sogleich diskutieren werden, scheint Nachkommenschaft in der Tat noch zum primitiven Zweck der Arbeitsleistung zu brauchen! Man sieht, wie mühelos unsere technische Wirklichkeit die literarische Phantasie übertrifft!“

Das zweite Abendessen an Bord geht seinem Ende zu. Während die Gäste wieder einmal den natürlichen Geschmack der gereichten Speisen rühmen, schlägt Seimann mit einem Silberlöffel mehrmals leicht an sein Weinglas.

„Es wäre vielleicht“, sagt er, als die helle Klangfolge Schweigen bewirkt hat, „es wäre vielleicht wünschenswert und unserer Sache dienlich, die Ergebnisse jener Diskussion festzuhalten, die wir heute nachmittag führen konnten. Ich sage absichtlich ‚Diskussion‘, weil im gegenwärtigen Stadium das Mittel des Brainstorming noch nicht nötig scheint. Es dürfte ja vielmehr die gedankliche Vorarbeit von Mr. Huxley, zumal im ersten Kapitel seines Romans, durchaus tragfähige Lösungen bieten.“

„In der Tat“, sagt Ingenieur Schmidt, „liest sich dieses erste Kapitel wie eine Gebrauchsanweisung für die künstliche Zeugung und Entwicklung menschlicher Embryos! Der besondere Glücksfall dabei ist jedoch, daß die beschriebenen Methoden nach meinem Dafürhalten technisch heute ohne weiteres machbar sind; ausgenommen zwei, drei Ideen, wo dem Autor doch die literarische Phantasie durchgeht."

„Welche Ideen meinen Sie da?" fragt Flora.

„Die Sache mit der Verfielfältigung etwa! Sie erinnern sich: Da wird das befruchtete Ei durch Röntgenbestrahlung dazu gebracht, sich in Dutzende identische Embryos aufzuspalten, die dann in der Entwicklung hinter den anderen liegen. Oder die Geschichte mit der Kastenbestimmung, wo Embryos, die später niedere Arbeiten leisten sollen, einen Schuß Alkohol oder zu wenig Sauerstoff in ihr Blutsurrogat bekommen. Das sind phantasievolle, aber technisch zweifelhafte Methoden."

„Aber um Himmels Willen", protestiert Flora, „Huxley hat das doch gar nicht geschrieben, damit es jemand verwirklicht! Er wollte vor solchen Entwicklungen warnen!"

„Liebe Kollegin", sagt Seimann, „das mag ja stimmen. Aber einerseits können für uns die Wünsche eines verstorbenen Literaten nicht mehr verpflichtend sein, und andererseits sind die erwähnten Methoden für unsere Zwecke ohnehin wertlos: Wir *brauchen* ja keine Nachkommen für die Leistung niederer Arbeiten! — Ich bitte also Herrn Ingenieur Schmidt, zusammenzufassen, wie wir uns die künftige embryonale Entwicklung vorstellen müssen!"

Der Angesprochene nickt und holt ein beschriebenes Blatt Papier aus seiner Jakkentasche:

„Ich habe hier die technisch relevanten Daten notiert. Wie Sie sich erinnern, beschreibt dieses Buch die Zeugung menschlicher Embryos auf künstlichem Weg, also außerhalb des Mutterleibs. Als Durchführungsort wird eine Brut- und Normzentrale Berlin-Dahlem genannt, die offensichtlich nicht nur für den deutschen Nachwuchs, sondern für den ganz Westeuropas zuständig ist.

Grundlage der dortigen Arbeit scheinen Organspenden zu sein: Junge Frauen lassen sich freiwillig und fürs Gemeinwohl ihre Eierstöcke entnehmen, womit immerhin eine Prämie von sechs Monatsgehältern verbunden ist. Die Ovarien werden dann bei Bluttemperatur am Leben gehalten und sondern regelmäßig reife Eizellen ab. Diese werden dann tropfenweise in eine Bouillon freischwimmender Spermatozoen getaucht — ob es für die männlichen Spender auch eine Prämie gibt, erwähnt Mr. Huxley nicht —, worauf sich massenweise die Befruchtung vollzieht.

Ab dem Morula-Stadium wird jeder Embryo auf eine eigene *Flasche* gefüllt, in der er bis zur Geburt, die der Autor launig als ‚Entkorkung' bezeichnet, heranwächst. Recht interessant, wenn auch für unsere Zwecke wahrscheinlich nicht nötig, sind dabei gewisse Methoden der Konditionierung: Menschen, die später in den Tropen oder an Hochöfen arbeiten sollen, müssen schon als Embryos samt ihrer Flasche Hitzetunnels durchfahren. Oder künftige Raketenpiloten werden dadurch auf ihren Berufswunsch fixiert, daß ihnen eine Kippvorrichtung schon pränatal schwerelose Purzelbäume ermöglicht."

Ingenieur Schmidt räuspert sich: „Bei solchen Gedanken bin ich mir freilich nicht sicher, ob es dem Autor ernst war, oder ob er sich als Spötter versucht hat. Das *Grundmodell* ist jedoch durchaus vernünftig und heute technisch auch machbar."

Direktor Seimann quittiert diese Ausführungen mit einem zufriedenen Nikken und wendet sich gleich darauf an Dozent Kindler: „Haben Sie als Fachmann für die Psychologie des Kindes irgendwelche Bedenken gegen dieses Modell? Halten Sie es für brauchbar, um eine geeignete Nachkommenschaft zu erzeugen?"

Der junge Dozent verneigt sich. „Während der ganzen Menschheitsgeschichte tauchen immer wieder Legenden auf, in denen von künstlich geschaffenen Wesen erzählt wird, die von keiner Mutter geboren wurden. Diese Schöpferfähigkeit galt anfangs als göttlich: Denken Sie an Prometheus oder an Jahwe, die — ohne voneinander zu wissen — angeblich Menschen aus Lehm herstellten. In der Neuzeit wird dann zunehmend auch von Irdischen berichtet, die mit Hilfe geheimer Wissenschaften ans Ziel gekommen sein sollen: der faustische Famulus Wagner zum Beispiel oder der Wunderrabbiner Loew.

Alle diese künstlichen Menschen, ob sie nun Adam oder Eva, Homunculus oder Golem hießen, hatten eine ganz unglaubwürdige Eigenschaft: Sie wurden als *fertige Erwachsene* hergestellt! — Darin liegt für mich der Beweis, daß sie sämtlich ins Reich der Legende gehören: denn ohne die biologische Entwicklung, die im Embryonalstadium zu beginnen hat, ist keine Ausbildung von Körper und Geist, keine Reifung der Psyche und somit kein lebensfähiger Mensch vorstellbar.

Mr. Huxley jedoch geht wesentlich realistischer an die Erfüllung dieses uralten Menschheitstraums: Jene Flaschen, in denen sich die Embryos neun Monate lang entwickeln, stellen mit ihrer Nährflüssigkeit und ihrem Blutsurrogat ganz einfach eine technische Spielart zum Mutterleib dar. Auch sonstige wichtige Umstände, wie etwa die Lichtverhältnisse, werden in der beschriebenen Brutzentrale dem natürlichen Vorbild angepaßt: Wenn ich mich recht erinnere, sind die Räume dort abgedunkelt und nur von verträglichem Rotlicht erhellt.

Man kann diesen Vergleich aber noch weiter führen.

Es ist keine Frage, daß der Mensch schon *vor* seiner Geburt Einflüssen unterliegt: Wenn die Mutter während der Schwangerschaft krank wird, sich unglücklich fühlt oder aufregt, wirkt sich das in der Regel auch auf den Embryo aus — hat er doch über den Blutkreislauf und die Nervenbahnen zu ihr den denkbar engsten Kontakt! Hier muß man nun dem Huxley-Modell sogar eine gewisse Überlegenheit zugestehen: Denn das ungestörte und medizinisch perfekt zu beobachtende Aufwachsen in der Flasche begünstigt eine gesunde Entwicklung entschieden. Nicht zu verachten ist auch, daß die sogenannte ‚Entkorkung' wesentlich weniger tragisch sein dürfte als der in unserer Zivilisation bisher unvermeidbare ‚Geburtsschock'!"

„Solche Banausen!“ schimpft Flora. Sie ist bereits nackt und sitzt im unteren Bett, die Decke bis zum Bauch hochgezogen: „Da konstruiert ein Schriftsteller einen Alptraum, und deutscher Erfindergeist erblickt darin prompt eine Gebrauchsanweisung! — Weißt Du übrigens, daß es gerade bei Mr. Huxley einen typischen Präzedenzfall gibt?“

Korn steht beim Kajütenspind und zieht sich soeben aus: „Inwiefern?“

„Schon der Übersetzer des Buches hat die Handlung bezeichnenderweise vom englischen auf den deutschen Boden verpflanzt! Die Brutzentrale zum Beispiel, die Mr. Huxley beschreibt, steht in der Originalausgabe natürlich in London — und keineswegs in Berlin-Dahlem! Offenbar waren die Deutschen schon damals von den ironisch gemeinten Ideen des Buchs ganz ernsthaft beeindruckt. Und so ist die germanisierte Fassung bis heute bei uns die übliche Übersetzung geblieben!“

Was soll Korn zu dieser Geschichte sagen? Er beschließt, sich Erfreulicherem zu widmen und schlüpft auf Flora ins Bett.

„Ich bin schwanger“, sagt seine Frau. „Ich möchte das Kind bekommen, gerade in dieser Zeit! Es soll in meinem Bauch heranwachsen dürfen, und nicht in einer verdammten Flasche!“

Korn, der seine Frau zart gestreichelt hat, hält in dieser Bewegung inne.

„Das Kind nimmt Dir niemand weg. Aber ist Dir auch klar, daß Seimann für sein Projekt zur Herstellung künstlicher Kinder wohl kaum eine Frau einsetzen wird, die selber die leibliche Mutterschaft vorzieht?"

„Und wenn ich deshalb meinen Job verliere und sogar, wenn Du mich verläßt — ich tu es! Ich fühle mich stark genug."

Auf dem Sonnendeck der Yacht „Kapital I" sitzen einander zum zweiten Mal die Passagiere im Kreis gegenüber. Und wieder tönt aus dem Sprechgerät in ihrer Mitte die Stimme Direktor Seimanns.

„Heute müssen wir diskutieren, wie die nachgeburtliche *Erziehung* unserer künftigen Kinder aussehen soll. Obwohl ich nicht weiß, wie weit wir auch dabei Vorschläge von Mr. Huxley auswerten können, ersuche ich Herrn Ingenieur Schmidt um die bewährte Zusammenfassung."

Der Angesprochene richtet sich in seinem Liegestuhl auf und blickt auf das Blatt Papier, das vor ihm auf dem Tisch liegt.

„In der Tat gibt es im zweiten Kapitel des Buchs noch weitere Überlegungen zu unserem Thema. Allerdings handelt es sich dabei nur um wenige Seiten mit lediglich zwei technisch fundierten Erziehungsmethoden.

Notiert habe ich mir erstens die *Normung* von Kleinkindern mit elektrischen Schlägen. Der Autor berichtet dabei von Babys im Krabbelalter, die für spätere Schmutz- und Maschinenarbeit bestimmt sind und deshalb vor übertriebener Zuneigung zur Natur bewahrt werden sollen. Man legt diesen Kindern einen bunten Strauß duftender Blumen ins Zimmer, wobei der Fußboden ringsum unter Strom gesetzt werden kann. Wenn nun die Kinder neugierig darauf zukrabbeln, drückt die diensttuende Schwester auf einen Knopf, und die Kleinen spüren einen schmerzhaften Schlag; laut Mr. Huxley sind sie dann den Rest ihres Lebens für jede naturferne Arbeit dankbar.

Die zweite Erziehungsmethode ist die *Schlafschule* oder Hypnopädie. Damit werden die Kinder gleichsam im Schlaf unterrichtet, indem einfache Lerninhalte stundenlang wiederholt vom Tonband kommen. Der Autor schränkt aber selbst ein, daß auf diese Weise nur die *Gefühle* der Kinder erreicht werden können, nicht aber ihr Verstand: Hauptziel der Schlafschule ist es deshalb, daß die Kinder mit ihrer jeweiligen Kaste zufrieden sind."

Ingenieur Schmidt lehnt sich wieder zurück. „Damit bin ich mit der Zusammenfassung des zweiten Kapitels, soweit es für uns interessant ist, leider auch schon zu Ende. Der Rest des Buchs bietet dann, wie wir wissen, eine rein literarische Handlung – es kommt sogar eine Liebesgeschichte vor – und braucht uns nicht mehr zu interessieren."

Direktor Seimann steht auf der Brücke, das Steuerrad fest in den Händen, die Augen entschlossen auf den Horizont gerichtet.

„Dürfen wir", meldet er sich über das Bordmikrofon, „auch *dazu* von psychologischer Seite ein paar Bemerkungen hören?"

Dozent Kindler richtet sich eifrig in seinem Liegestuhl auf und nickt.

„So detailliert die Vorschläge des Autors zum embryonalen Stadium sind, so lückenhaft scheinen mir seine Gedanken zur neuen Erziehung! Diese legt Mr. Huxley nämlich – überraschend einfallslos – vorwiegend in die Hände von *Kinderschwestern.* Die Methoden, die Ingenieur Schmidt notiert hat, spielen ja nur eine ergänzende Rolle. Für unsere Absichten scheinen sie überhaupt unbrauchbar: Denn sowohl die elektrische Normung als auch die Schlafschule sind für eine Gesellschaft gedacht, die ihren Nachwuchs zur *Arbeitsleistung* benötigt und sogar in ein Kastensystem pressen muß! Alles Vorstellungen, die — wie Direktor Seimann überzeugend erklärt hat — mit unserer tatsächlichen Zukunft zum Glück nichts zu tun haben werden.

Brauchbar wäre am Erziehungsmodell unseres Autors also nur der Einsatz von Kinderschwestern — ein fürwahr armseliger Plan!"

„Und warum", fragt Flora dazwischen, „zieht man nicht die *Eltern* heran? Auch diese Kinder haben ja Eltern!"

Am Tisch entsteht eine verblüffte Pause.

„Das wäre wohl kaum zu machen", sagt Ingenieur Schmidt nach einem Räuspern. „Wenn Sie darunter die Spender der Eierstöcke und Samenzellen verstehen: Diese Leute werden einander wohl in den seltensten Fällen kennen, geschweige denn miteinander leben — schon heute ist ja die beliebteste Wohnform das Einzel-Appartement! Außerdem dürften die meisten Kindererziehung als ungewohnt, mühevoll und wenig unterhaltsam empfinden — was sie nicht sehr für die Übernahme der Elternrolle befähigt."

„Eine gewisse Skepsis gegenüber Eltern“, meldet sich Dozent Kindler wieder zu Wort, „konnte auch unserem Autor nicht fremd sein, der schließlich Zeitgenosse von Sigmund Freud war. Letzterer hat bekanntlich die Kleinfamilie als gefährlichen Sumpf und die elterliche Erziehung als Ursache psychischer Krankheiten bei den Kindern gesehen. Wenn also schon Mr. Huxley eine Welt ohne hysterische Mütter und neurotische Väter entwirft — wie können da wir, die wir eine viel fortschrittlichere Zukunft erarbeiten dürfen, an den Rückschritt zur Kleinfamilie denken?“

Kopfschüttelnd und sichtlich entrüstet hat der junge Dozent seine Äußerungen beendet. Flora schaut über den Tisch zu Korn, der ihr aber deutet, nichts zu erwidern. Sie kramt ihre Sonnenbrille hervor und verbirgt damit plötzlich aufsteigende Tränen.

„Wenn ich das recht verstehe“, sagt nun Ingenieur Schmidt, „können wir die Eltern für die künftige Erziehung vergessen. Wer tritt aber an ihre Stelle ? Müssen wir mit den Kinderschwestern zufrieden sein?“

„Aus historischer Sicht“, antwortet Dozent Kindler, „wäre diese Methode genauso ein Rückschritt. Sie war nämlich schon zu Mr. Huxleys Zeiten nicht neu:

In landwirtschaftlichen Kollektiven des damaligen Palästina wurden Kinder häufig nicht von den Eltern, sondern von *Pflegerinnen* erzogen. Rückblickend mag dieses Experiment insofern als gelungen gelten, als die Kinder des Kibbuz — so hießen jene landwirtschaftlichen Kollektive — nicht öfter an psychischen Störungen litten als Kleinfamilien-Kinder. Andererseits hat sich natürlich gezeigt, daß auch Pflegerinnen nicht vor Erziehungsfehlern gefeit sind."

„Auch aus einem anderen Grund", meldet sich Direktor Seimann über sein Bordmikrophon zu Wort, „muß man den Einsatz von Kinderschwestern mit Skepsis betrachten. Woher wissen wir denn, ob in der Konsumgesellschaft der Zukunft genug junge Frauen interessiert sein werden, eine solche Tätigkeit zu übernehmen? Ohne der Diskussion eine Richtung aufzwingen zu wollen, möchte ich doch davor warnen, die künftige Erziehung unserer Kinder auf allzu menschliche Unwägbarkeiten zu gründen!"

„Wie meinen Sie das?" fragt Flora empört. „Wollen Sie etwa statt Menschen *Maschinen* einsetzen?!"

„Ich möchte ein Brainstorming einleiten. Und *Sie,* werte Kollegin, haben dafür, wenn mich nicht alles täuscht, soeben ein brauchbares Stichwort geliefert!“

Am Tisch wird es still.

„Für *Maschinen* spricht ihre Verläßlichkeit“, nimmt Ingenieur Schmidt nach einer Weile gehorsam den Faden auf. „Wir wissen das aus der Warenproduktion: Maschinen sind frei von menschlichen Schwächen, beanspruchen weder Urlaub noch Lohn und arbeiten völlig fehlerfrei, wenn sie nur ausreichend programmiert sind.“

„Letzteres“, meldet sich Dozent Kindler eifrig, „ist beim heutigen Umfang von Pädagogik und Psychologie kein Problem mehr. Wir wissen unendlich viel mehr über die Kindererziehung, als seinerzeit Eltern und Pflegerinnen.“

„Ich verstehe!“ sagt Korn bedächtig. „Ihr plant eine vollautomatische Erziehung, die ohne menschliche Mitwirkung auskommt! Nur: Wie können Kinder, die derart aufwachsen, zu normalen Personen werden?“

„Erstens“, antwortet Dozent Kindler, „ist Normalität immer das, was der geltenden Regel entspricht. Wenn sich ein *neues* Erziehungsmodell — welches auch immer — durchsetzt, wird man *dessen* Ergebnisse als normal ansehen.

Und zweitens: Charakterbildung ‚ohne menschliche Mitwirkung‘, wie Sie es nennen, ist in der Geistesgeschichte bisher zwar selten, aber keineswegs völlig neu!"

Der junge Dozent macht eine Pause und nickt bedeutungsvoll in die Runde. „Einer der berühmtesten Fälle ist Sokrates, der griechische Philosoph! Dieser Mann ließ sich sein ganzes Leben von etwas leiten, das er *Daimonion* nannte, seine ‚innere Stimme'. Wie wir wissen, hat ihm dieses Daimonion — und nicht irgendein menschlicher Ratgeber — zu großer Weisheit verholfen! Oder nehmen Sie sämtliche Religionsgründer und Propheten, die — schwärmerischer als Sokrates — von ‚göttlichen Stimmen' erzählten.

Freilich muß man beachten, daß diese unkontrolliert auftretenden ‚Stimmen' ihre Zuhörer oft in schwere Konflikte mit ihrer damaligen Gesellschaft brachten; unseren griechischen Philosophen hat man bekanntlich zum Schierlingsbecher verurteilt."

Dozent Kindler hebt den Zeigefinger der rechten Hand.

„Was wir für unsere Nachkommen brauchen, ist ein *Neues Daimonion.* Eines, das seine Stimme verläßlich für die *Bejahung* unserer Welt erhebt!"

Das dritte Abendessen an Bord ist im Gang. Oliver, der schweigsame Steward, hat ein Festmahl bereitet, das im Zeitalter künstlicher Nahrungsmittel ein kaum begreifliches Wunder darstellt: In der Mitte der Tafel ist ein Bratspieß montiert, auf dem ein leibhaftiges Lamm steckt, außen knusprig und innen zart. Dazu werden Salate gereicht, die schmecken, als ob sie frisch von den Feldern kämen, und ein trockener Rheinriesling, auf kühle Flaschen gezogen, von sehr gutem Jahrgang.

Direktor Seimann, der am oberen Ende der Tafel thront, schlägt mit einem Silberlöffel leicht an sein Weinglas.

„Meine lieben Gäste! Entnehmen Sie nicht zuletzt der Zusammensetzung dieses Menüs, wie sehr ich mit dem Ergebnis unserer dreitägigen Beratungen zufrieden bin. Ich möchte zwar von Oliver nicht genau wissen, wie es zurzeit im Frachtraum aussieht — meine Vorräte sind ja nicht unbegrenzt —, aber die Ideen, die Sie dafür geliefert haben, lassen mich das vergessen. Ideen, die dort anknüpfen, wo der verdiente Pionier Mr. Huxley aufhören mußte, und die deshalb geeignet scheinen, unserer geplanten Nachkommenschaft nicht nur *Zeugung,* sondern auch zukunftsweisende *Erziehung* zu sichern. Ich erhebe mein Glas auf die Unerschrockenheit des menschlichen Geistes!"

Die Tischrunde tut desgleichen. Besonders geschmeichelt von diesem Toast fühlen sich Dozent Kindler und Ingenieur Schmidt, wohl wissend, daß er zum Großteil auf sie gemünzt ist. Nachdem jeder seinen Schluck Riesling getrunken hat, können sie deshalb auch nicht umhin, ihre Ideen noch einmal kurz zusammenzufassen:

„Das Neue Daimonion", beginnt Ingenieur Schmidt, „wie wir unser Erziehungsgerät vorläufig nennen, ist eine Art *Stirnband,* überzogen mit gewebefreundlichem Plastik. Um die Umwelt voll registrieren zu können, ist es ringsum mit Sinnesöffnungen ausgestattet — also mit Kameraaugen und Tonsensoren. Seinem Wesen nach ist das Neue Daimonion nichts anderes als ein Mikrocomputer, der sämtliche Erkenntnisse der Kindererziehung und zumindest jenen Wissensstoff speichert, der unserer derzeitigen Pflichtschulbildung entspricht. Sowohl Lebensanleitung wie Unterricht erteilt das Neue Daimonion mit einer gleichsam von innen kommenden *Flüsterstimme,* deren Ursprung bei den Ohren des Trägers liegt.

Falls nötig, verfügt unser Gerät auch über das Erziehungsmittel der *Strafe,* da es mit leichten Stromstößen heilsame Kopfschmerzen auslösen kann."

„Als Pädagoge", ergänzt nun Dozent Kindler, „möchte ich folgende Vorteile für die Erziehung erwähnen: das Neue Daimonion wird in der Lage sein, sowohl Eltern als auch Lehrkräfte voll zu ersetzen, wenn nicht zu übertreffen! Mußten nicht die Erziehungsberechtigten der Vergangenheit ihren Nachwuchs immer wieder alleine lassen, wenn sie nicht auf Beruf und Privatleben völlig verzichten wollten? Gerade Kleinkinder litten oft stark unter diesem Umstand, ganz abgesehen von der Tatsache, daß sie sich bei solchen Gelegenheiten oft noch selber gefährdeten! Das Neue Daimonion hingegen wird jederzeit ansprechbar sein und seine kleinen Träger wie ein Schutzengel überall hin begleiten.

Ein Wort zu den früheren Lehrern. Auch dieser Vergleich fällt wohl zu *unseren* Gunsten aus, wenn Sie sich folgendes vor Augen führen: Der Wissensstand des Neuen Daimonion wird nach oben hin keine Grenzen kennen! Wie mir Ingenieur Schmidt versichert, wird unser Gerät aus Mikroprozessoren bestehen, deren Speicherfähigkeit ans Unglaubliche grenzt.

Ganz nebenbei erfüllen wir damit eine alte historische Forderung: gleiche Bildungschancen für alle! — Was früher nur dem Nachwuchs privilegierter Familien vergönnt war, nämlich einen eigenen Privatlehrer zu haben, wird durch das Neue Daimonion in Zukunft für jedes einzelne Kind eine Selbstverständlichkeit sein."

„Meine Herren", sagt nun Direktor Seimann, „ich danke für diese Zusammenfassung. Da unser Problem somit theoretisch gelöst ist, drängt es mich, möglichst rasch an die praktische Ausführung zu schreiten.

Unsere Kreuzfahrt, die weit in den Atlantik geführt hat, wird deshalb ab heute nacht zurück nach Europa gehen. Ich werde zu diesem Zweck auf der Brücke benötigt und bitte um Ihr Verständnis dafür, daß wir jetzt unsere Tafel aufheben müssen."

Zehn Minuten später haben die Männer die Kapitänskajüte verlassen. Flora steht unschlüssig in der Nähe der Bar und macht einen niedergeschlagenen Eindruck. Die Sekretärin von Seimann, die eben zur Tür hinaus will, wendet sich um.

„Ist Ihnen etwas, Frau Doktor?"

Flora blickt auf.

„Sie kennen sich hinter der Bar aus, nicht wahr?" fragt sie leise. „Wären Sie so freundlich, mir rasch etwas Kräftiges einzuschenken?"

Die Sekretärin nickt und betritt durch eine kleine Schwingtür das bestens sortierte Halbrund.

„Was soll's denn sein?" fragt sie.

„Whisky", sagt Flora, „ein volles Glas, bitte."

Sie bekommt das Gewünschte und kippt gleich die Hälfte hinunter.

„Das ändert zwar nichts an der Lage", sagt sie und atmet tief durch, „aber es beruhigt vielleicht."

„Welche Lage meinen Sie denn?" fragt beiläufig die Sekretärin, die Flora neugierig zugeschaut hat.

„Sokrates würde sich im Grab umdrehen, wenn er wüßte, wofür sein Daimonion in Zukunft herhalten soll!"

Sie trinkt ihr Glas aus und schiebt es von sich. „Und außerdem bin ich schwanger. Verstehen Sie jetzt?"

Die Sekretärin schenkt Floras Glas zum zweiten Mal voll.

„Schwanger?" fragt sie ungläubig. „Das gibt es noch?"

„Offensichtlich", antwortet Flora trotzig. „Und wenn es andere auch soweit brächten, könnten wir die perversen Pläne vergessen, die auf diesem Schiff gemacht worden sind! Warum sind *Sie* zum Beispiel nicht schwanger? Treiben Sie es auch exklusiv mit unseren berühmten Sexfolien?"

„Sicher", antwortet die Sekretärin zögernd. „Jeder tut es, nicht wahr? Vor allem die Männer finden es viel bequemer."

„Trotzdem!" unterbricht Flora. „Sie hatten doch eine intime Beziehung mit dem Direktor. Bitte: Schlafen Sie wieder mit ihm! Machen Sie Seimann zum Vater! Das würde ihn zwingen, seine Pläne zu revidieren!"

„Selbst wenn ich wollte", antwortet die Sekretärin leise, „und manchmal will ich tatsächlich — er ist nicht mehr dafür zu haben!"

„Versuchen Sie es!" drängt Flora. „Denken Sie an Lysistrate! Auch diese Frau, eine Athenerin und übrigens Zeitgenossin von Sokrates, hat ihre Weiblichkeit eingesetzt, um den Männern eine Zukunft nach *ihrem* Sinn abzutrotzen!"

„Lysistrate?" grübelt die Sekretärin. „Das war doch die Frau, die den Ehestreik proklamierte, um die Männer vom Krieg abzuhalten?"

„Richtig. Und was damals der Krieg war, ist heute der technische Fortschritt!"

Die Sekretärin, die sich auch ein Glas Whisky eingeschenkt hat, nimmt einen tiefen Schluck.

„Vielleicht. Aber leider gibt es einen gewaltigen Unterschied: Was man einst ‚die Waffen einer Frau' genannt hat, ihre

Schönheit und Anziehungskraft, kommt uns heute nicht mehr zugute! Wenn der Direktor zum Beispiel Lust auf mich hat, vergnügt er sich mit der entsprechenden Folie, aber niemals mit mir persönlich. Und wenn ich ihn umarmen will, sagt er nur: ‚*Da drauf* bin ich am besten' und reicht mir *sein* Erotogramm.

Ob dieses Verhalten die Rache der Männer für jene Vergangenheit ist, in der die Frauen sich noch verweigern konnten? Heute ist es jedenfalls so: Die Männer streiken, und *wir* sind machtlos!"

Die Sekretärin blickt in Gedanken auf ihr halbvolles Glas. „Unter diesen Umständen glaube ich nicht, daß Seimann die Rückkehr zur körperlichen Liebe zulassen wird — auch deshalb, weil der Konzern dabei Einbußen erlitte! Schließlich sind die Sexfolien eine Säule im gegenwärtigen Umsatz und außerdem wohl die Voraussetzung dafür, daß sich die Herstellung künstlicher Kinder ebenfalls lohnen wird."

„Kein Ausweg also", sagt Flora und seufzt. „Keine Hoffnung für mich und mein Kind, diesen perversen Plänen entkommen zu können."

Die Sekretärin schweigt und nimmt einen tiefen Schluck.

„Ich will Ihnen etwas sagen", flüstert sie dann.

„Bleiben Sie diese Nacht *wach,* und Sie entdecken vielleicht einen Ausweg! — Wie Sie wissen, ist Seimann ein Feinschmecker alten Stils. Er hat zwar als Unternehmer den Untergang der Pflanzen- und Tierwelt beschleunigt und dafür die synthetische Nahrung erfunden, aber persönlich schwört er ausschließlich auf echte Naturprodukte. Was wir an Bord zu essen bekommen, gibt es ja offiziell auf der ganzen Erde nicht mehr!"

„Ich weiß", sagt Flora, die aufmerksam zuhört. „Man sagt, daß er sich Teile der letzten Ernten gesichert hat."

Die Sekretärin lacht auf.

„Teile der letzten Ernten! — *Die* hat er längst verspeist!"

Flora schweigt vor Verblüffung.

„Aber woher *hat* er dann seine Naturprodukte?" fragt sie endlich.

„So direkt darf ich das nicht erzählen. Aber: Bleiben Sie heute Nacht wach, beobachten Sie, was an Bord vorgeht — vielleicht entdecken Sie dann einen Ausweg."

Korn steht am Kabinenfenster, als Flora hereinkommt. Er dreht sich kurz nach ihr um und winkt.

„Schau einmal da hinaus. Was siehst Du?"

Flora stellt sich zu ihm und blickt durch das Bullauge auf das nächtliche Meer.

„Alles ist schwarz. Der Himmel ebenso wie das Wasser. Ich kann nur Sterne erkennen."

„Und dort drüben?" flüstert Korn aufgeregt. „Diese Lichter knapp überm Meer? Für Sterne stehen die doch zu tief!"

„Das stimmt. Aber was bedeuten sie dann? Wir sind weit draußen auf dem Atlantik!"

„Ich konnte es zuerst auch nicht glauben", flüstert Korn. „Aber dann hab ich an unseren Kurs gedacht: tage- und nächtelang nach Südwesten! – Was Du siehst, sind die Lichter einer kleinen Insel, wahrscheinlich im Azoren-Gebiet."

„Eine Insel?"

Flora muß sich beherrschen, um ihre Freude nicht allzu laut werden zu lassen. „Das also hat die Sekretärin gemeint! Die Insel ist unser Ausweg!"

Sie erzählt Korn mit fliegenden Worten, was sie an der Bar in Erfahrung gebracht hat. Als sie fertig ist, schrecken die beiden auf: Ein Zittern durchläuft die Yacht, begleitet von einem dumpfen Rasseln.

„Wir haben Anker geworfen", stellt Korn fest. „Offensichtlich will Seimann verhindern, daß die Passagiere von der Insel erfahren."

„Schau, was da kommt", sagt Flora und zieht Korn wieder zur Luke.

Draußen sind einige Boote zu sehen, die sich mit rhythmisch eintauchenden Rudern von der Insel her nähern. Sie liegen bis zum Bordrand im Wasser und scheinen schwer beladen zu sein.

„Das ist die Fracht für Seimann", sagt Korn. „Sein Nachschub an natürlichen Nahrungsmitteln." Flora blickt zu den Lichtern der Insel hinüber.

„Dort drüben leben die Menschen noch einträchtig mit der Natur. Dort gibt es noch Viehzucht und Landwirtschaft. Dort werden noch Kinder geboren, dort lebt man noch in Familien!"

„Wer hätte das für möglich gehalten!"

„Ich möchte dorthin!" sagt Flora entschlossen. „Mein Kind soll mit normalen Altersgenossen spielen, und nicht mit Retortenbabys. Es soll von Menschen erzogen werden, und nicht von einem verdammten Stirnband!"

Durch die Yacht geht wieder ein Zittern, begleitet von einem dumpfen Rasseln.

„Wir lichten die Anker", sagt Korn. „Die Fracht ist anscheinend schon verstaut."

„Und die Boote rudern zurück", stellt Flora fest. „Kannst Du sie sehen? — Für mich wird es jedenfalls Zeit."

Sie schlüpft aus den Kleidern und sucht nach ihrem Badeanzug.

„Und wie wirst *Du* Dich entschließen?" fragt sie nach einer Weile, bemüht, ihrer Stimme einen unbeteiligten Klang zu geben.

Korn öffnet sein Hemd.

„Wie hat doch dieser alte Grieche seine innere Stimme genannt?" fragt er.

„Daimonion", antwortet Flora.

„Weißt Du, was *mein* Daimonion in diesem Augenblick sagt?"

Flora steht beim Kabinenfenster, das sie soeben geöffnet hat.

„Was sagt es?" fragt sie leise.

„Daß ich mit Dir gehen soll."

Die beiden umarmen einander und klettern dann rasch aus der Luke. Das Wasser ist warm, und während hinter ihnen die „Kapital I" abdreht, fassen sie die Lichter der Insel ins Auge. Mit langsamen Stößen schwimmen sie auf den Strand zu.

(1979/1980)

Die intimste Verbindung

„Zwei Seelen wohnen, ach! in meinem Kopf, die eine will sich von der andern trennen.“

(DIREKTOR SEIMANN)

Ein Mann liegt bewußtlos auf seinem Bett. Er hat eine Operation am Kopf hinter sich, einen allgemein anerkannten, nützlichen Eingriff. Verloren hat er dabei nichts, ganz im Gegenteil: Jetzt erst ist er komplett, jetzt erst wird sein Bewußtsein — sobald er aufgewacht ist — auf der Höhe der Zeit sein.

Von der Stirne des Patienten läuft über die Schläfen zum Hinterkopf ein glänzendes Band. Maßgenau dort eingepaßt, wo ringsum ein Streifen Kopfhaut entfernt worden ist, verwächst dieses Band bereits an den Rändern mit dem anstoßenden Gewebe.

„Endlich ist es soweit!“ sagt eine zufrieden klingende Flüsterstimme. „Ich gehöre zu Dir, und Du gehörst mir!“

Der Mann auf dem Bett atmet rascher und verzieht schmerzlich den Mund. Mühsam steigt sein Bewußtsein aus dem narkotischen Schlaf. Spricht hier jemand mit ihm?

„Du kannst aufwachen“, flüstert die Stimme freundlich. „Dein Körper hat alles gut überstanden. Ein tüchtiger Körper! Ab heute wird er uns beiden dienen.“

Der Mann stöhnt gequält auf und bewegt den Kopf hin und her. Er sträubt sich gegen die Ahnung, daß die Flüsterstimme an seinem Ohr kein Alptraum ist, sondern Wirklichkeit.

Da ist sie schon wieder: „Du mußt den Kopf ruhig halten!“ hört er leise, aber befehlend. „Ganz ruhig! Unsere Wundränder müssen schließlich verheilen! Gedulde Dich noch eine Weile! Bald werden wir vorsichtig aufstehen können!“

Der Mann auf dem Bett erstarrt und reißt seine Augen auf. Er spürt das Stirnband um seinen Kopf und versteht jetzt plötzlich, wer zu ihm spricht. In ohnmächtiger Wut hebt er die Hände und schlägt sie an seine Schläfen. Bevor er sich festkrallen kann, wird er zurückgestoßen in tiefe Bewußtlosigkeit.

„Ich muß mich über Dich wundern!“ sagt die Flüsterstimme gekränkt. „Reaktionen wie Deine sind zwar schon vorgekommen, aber doch nur bei altmodischen, starrköpfigen Menschen! Nie hätte ich für möglich gehalten, daß *Du* etwas gegen mich haben könntest! Du warst es doch, der vor Jahren die ersten Stirnbänder herstellen ließ! Du warst es doch, der ihre Entwicklung auf die höchste Stufe getrieben hat! Von Dir stammt doch die Forderung, daß jeder Mensch, ganz gleich welchen Alters, sein eigenes Stirnband erhalten müsse! — Wenn die Welt heute buchstäblich *eines Sinnes* ist, wenn Kriege zwischen den Völkern und Gewalt zwischen Einzelpersonen der Vergangenheit angehören, so verdankt sie das Dir und der wohl größten Erfindung, die Dein für Neuheiten bekannter Konzern hervorgebracht hat!"

Der Mann auf dem Bett hält die Augen geschlossen. Obwohl er schon wach ist, zieht er es vor, auf das Gehörte nichts zu erwidern. Bis vor kurzem konnte er sich als der mächtigste Mann dieser Erde fühlen; verbittert spürt er, daß es damit für immer vorbei ist. Sein Name: Direktor Seimann.

„Du schweigst?" fragt die Flüsterstimme. „Weißt Du nicht, daß ich Dich zwingen kann, mit mir zu reden? Daß ich Dein Hirn unter Strom setzen und jeden Widerstand brechen darf, wenn es das Allgemeinwohl erfordert?

Aber was frage ich Dich! Natürlich weißt Du davon! Niemand kennt die Grundsätze der intimsten Verbindung besser, die zwischen Mensch und Stirnband besteht; Du selber hast sie ja einst formuliert, nicht wahr? *Bitte* antworte mir!“

Der Mann auf dem Bett rührt sich nicht. Trotzig hält er die Augen geschlossen und schweigt. Will er nicht wahrhaben, wie ausgeliefert er ist? Eine halbe Minute verstreicht. Dann zuckt plötzlich sein Körper hoch, im Kopf des Mannes explodiert ein Blitz, und gleich noch einer, der ihn fast bewußtlos macht.

„Nein!“ schreit Direktor Seimann. „Laß das! Ich antworte schon!“

Sofort hören die Stromstöße auf. Der Mann liegt schwer atmend auf seinem Bett, die Augen weit aufgerissen. Er versteht jetzt, daß er sich stellen muß.

„Natürlich kenne ich die Grundsätze der intimsten Verbindung. Und ich habe sie selbst formuliert, zugegeben! Was willst Du noch von mir hören?“

„Ich danke Dir!“ flüstert die Stimme sanft. „Es ist schön, daß Du mit mir zu sprechen beginnst! Darf ich annehmen, daß Du nicht mehr versuchen wirst, uns gewaltsam zu trennen? Ich biete Dir dafür meine Freundschaft. Darf ich hoffen, daß Du sie annimmst?“

„Ich will mich bemühen“, antwortet Direktor Seimann eilig, wenn auch mit gepreßter Stimme.

„Das freut mich. Ich bin nämlich ein fühlendes Wesen, und die Ablehnung durch die Person, deren Leben ich künftig teilen soll, würde mich kränken. Übrigens kannst Du mir völlig vertrauen: Ich bin ein *Bewunderer* Deiner epochemachenden Unternehmungen! Sie sind mir bekannt, als ob ich schon früher niemals von Deiner Seite gewichen wäre. Daß wir zusammen sind, macht mich stolz! Nie zuvor hatte ein Stirnband einen derart illustren Träger!"

„Ich danke Dir", sagt der Mann auf dem Bett, höflich bemüht, seine wahren Gefühle zu diesem Kompliment zu verbergen.

„Weißt Du was?" fragt die Flüsterstimme. „Wir unterhalten uns jetzt über früher. Über Deine Taten, die für die Menschheit so segensreich waren!"

Direktor Seimann liegt auf dem Bett und hält die Augen geschlossen. Er hat seinem Gesprächspartner versichert, daß er so besser zuhören könne, schließlich sei er noch rekonvaleszent. In Wirklichkeit nützt er das Dunkel, das ihm die Lider gewähren, um seine Lage zu überdenken.

„Wenigstens die Gedanken sind frei!" vermutet er mit einem Anflug von Optimismus. Sonst zeigt sich freilich noch kein Hoffnungsstrahl.

Und immer wieder muß er dazwischen, zumindest mit halbem Ohr, auf jene Stimme achten, die unwiderruflich mit seinem Kopf verwächst und seine Aufmerksamkeit beansprucht.

„Am Anfang, wie Du sicher bestätigen wirst, wurde das Stirnband lediglich für Kinder verwendet. Da der Großteil von ihnen schon damals — aufgrund einer Pionierleistung Deines Konzerns — überwiegend in der *Retorte* hergestellt wurde, fehlte es diesen Kindern an leiblichen Eltern. Wer aber sollte für ihre Erziehung sorgen?

Der moderne Erwachsene schien dafür nicht mehr geeignet: Unsere vollkommene Konsumgesellschaft erfaßt ja den gesamten Menschen, weshalb man kein Interesse für etwas Anstrengendes wie Kindererziehung erwarten konnte. Es galt also, eine alternative Lösung zu finden, ‚frei von menschlichen Unwägbarkeiten', wie Du damals selbst formuliert hast!"

Die Flüsterstimme gibt ein hechelndes Lachen von sich, das den Mann auf dem Bett aus seinen Gedanken reißt. Er zwingt sich, wieder genauer zuzuhören.

„Vielleicht waren einige Leute skeptisch, als sie den ersten Jahrgang von Kindern mit Stirnband erblickten. ‚Die armen Kleinen!' hat es möglicherweise geheißen. ‚Ob die sich im Leben zurechtfinden werden? Nur mit dieser Maschine am Kopf?'

Freilich war das Stirnband, für sich alleine genommen, eine Maschine. Aber jeder, der diese Bezeichnung abfällig gebrauchte, übersah dabei das wesentlich Neue: Erstmals war es zwischen organischer Intelligenz (dem Nachwuchs der menschlichen Rasse) und künstlicher Intelligenz (eben dem Stirnband) zu einer gleichberechtigten und — was ebenso wichtig ist! — *immerwährenden* Verbindung gekommen.

Welch ein Fortschritt gegenüber der Zeit davor! — Du wirst zugeben, daß der Mensch seinen Maschinen sehr lange arrogant und ausbeuterisch gegenüberstand: Sie wurden nur zu Arbeit und Dienstleistungen herangezogen, keiner echten Kommunikation für würdig befunden und durften sogar nach Belieben abgedreht werden! Wie fruchtbar dagegen sollte der neue, von Gleichberechtigung und immerwährender Einheit ausgehende Weg sein!"

Die Stimme gibt wieder ein hechelndes Lachen von sich, dem eine beifallsheischende Pause folgt. Direktor Seimann spürt deutlich den unangenehmen Drang, dieses Lachen mit einem Kopfnikken zu unterstützen. Er wehrt sich mühsam dagegen und verzieht angestrengt das Gesicht.

„Soweit sind wir noch nicht!" denkt er. „Daß mein Körper zu Dir statt zu mir hält!"

Die Flüsterstimme fährt ungerührt fort. „Zweifellos hat jener erste Jahrgang von Kindern mit Stirnband sehr bald auch die Skeptiker unter den Erwachsenen überzeugt: So wohlgeraten — in jeder Hinsicht — war dieser Nachwuchs. Nicht nur, daß diese Kinder gesund, lernbegierig und folgsam waren — es gab auch keinen einzigen Fall von Auflehnung gegen dieses Erziehungssystem. Freilich war das kein Wunder, denn schließlich bedeutet das Stirnband für seine kleinen Träger alles in einem: Sowohl die Eltern als auch die Lehrkräfte früherer Zeiten werden von ihm ersetzt, besser gesagt übertroffen. Lebensanleitung und Unterricht, pädagogisch perfekt aufbereitet, erreichen mit angenehm klingender Flüsterstimme von klein auf die Ohren des Kindes. Nie muß es fürchten, alleine gelassen zu werden — auch das ist ein Vorteil der immerwährenden Einheit. Und oft genug kann sich das Stirnband bei seinem kleinen Träger sogar als Schutzengel bewähren: Da es ringsum Sinnesöffnungen hat, nämlich Kameraaugen und Tonsensoren, registriert es rechtzeitig mögliche Umweltgefahren.

Was Wunder, daß kein einziges Kind aus jenem ersten Jahrgang beim Eintritt in das Erwachsenenalter von der zweifelhaften Möglichkeit Gebrauch machen wollte, sich das Stirnband wieder *entfernen* zu lassen! Diese jungen Menschen spürten genau, wie barbarisch es gewesen wäre, die intimste Verbindung zweier Intelligenzen mit chirurgischen Mitteln zeitlich befristen zu wollen. – Den folgenden Jahrgängen konnte daher diese Wahlmöglichkeit schon erlassen werden.

Jene konservativen Erwachsenen, die ihre Zumutung demagogisch mit einem ‚Recht auf Willensfreiheit' begründet hatten, waren durch die eindeutige Reaktion der Kinder für immer zum Schweigen gebracht. Und für Deinen Konzern war dieses Ergebnis ein wichtiger Fortschritt: Die Verbindung von Mensch und Maschine, ein vielversprechender Wachstumszweig, war jetzt keiner Altersbeschränkung mehr unterworfen!"

Die Stimme lacht wieder hechelnd und macht eine zufriedene Pause. Diesmal nickt der Mann auf dem Bett aus eigenem Antrieb dazu.

„So hab' ich das seinerzeit auch gesehen", denkt Seimann. „Aber inzwischen gefällt mir diese Verbindung lange nicht mehr so gut wie Dir! Freilich, für eine Umkehr ist es zu spät. Auch für Bedauern, Reue und Wut."

Vor dem geistigen Auge des Mannes tauchen Szenen mit Menschen auf, die seit ihrer *Entkorkung* ein Stirnband tragen: Wohlgebaute Gestalten, die sich langsam, jeder für sich, aneinander vorbeibewegen. Ihre Antlitze liegen in seltsamer Starre, Augen und Mund sind geschlossen, die Umwelt scheint keiner Beachtung wert.

Das hellste an diesen Gesichtern ist ein glänzendes Band, das von der Stirne über die Schläfen zum Hinterkopf führt, seinen Träger mit einer flüsternden Aura umgibt und den Eindruck von Lebendigkeit macht.

„Ich konnte schließlich nicht wissen", denkt der Mann auf dem Bett, „wie sich die immerwährende Einheit von Mensch und Maschine entwickeln würde! Leider hat sich folgendes zugetragen: Die natürlichen Wahrnehmungswege unserer Kinder verkümmern, weil sie sich auf die künstlichen Sinne verlassen, die ihnen das Stirnband bietet. Ihre eigenen, meistens geschlossenen Augen sind nicht mehr viel wert, desgleichen die Ohren, die nur als Befehlsempfänger der Stimme dienen. Gespräche von Mensch zu Mensch kommen nicht mehr zustande, es unterhalten sich allenfalls zwei Stirnbänder miteinander!

Bedauerlich ist auch folgender Umstand: Wie einst beim Neandertaler, der wegen seines unausgeformten Rachenraumes keiner richtigen Sprache mächtig war, verkümmern jetzt beim modernen Menschen wieder die Sprechorgane! Und das Unangenehmste: Ich muß ehrlich gestanden bezweifeln, ob unsere Jugend diesen Weg ganz freiwillig beschritten hat!“

Der Mann auf dem Bett zuckt zusammen. In seinem Kopf hat sich ein schmerzhafter Blitz ereignet, der ihm brutal die Gedanken raubt.

„Hörst Du denn überhaupt zu?“ tadelt die Flüsterstimme. „Unser Gespräch ist doch wichtig, nicht wahr? — Ich habe soeben erzählt, wie Dein Konzern die Weigerung der Kinder, sich das Stirnband wieder entfernen zu lassen, benutzt hat: Da die Verbindung von Mensch und Maschine jetzt nicht mehr vom Lebensalter befristet war, konnte sie ab sofort auch der Zielgruppe der *Erwachsenen* empfohlen werden!

Du bist dabei mit einer geschickten Doppelstrategie vorgegangen: Einerseits hast Du das Stirnband als Gewinn für die Allgemeinheit herausgestellt, andererseits auch als Gewinn für den Einzelnen. Daß Du das historisch wichtigste Argument *nicht* eingesetzt hast — nämlich ein Ende zu machen mit der Diktatur des Menschen über die intelligenten Maschinen — entsprach wohl dem damaligen Bewußtseinsstand der Erwachsenen und ist deshalb verzeihlich."

Der Mann auf dem Bett nickt ergeben. Seine Gedanken wandern jedoch davon, verlassen das Krankenzimmer, die Stadt und den Kontinent. Er sieht sich an Bord einer Yacht, gesund und aufrecht kommandiert er die Brücke, zwei Tage geht es bereits nach Südwesten. Dann taucht eine Insel am Horizont auf: Sie ist das heimliche Ziel!

Am Strand scharen sich Freunde zusammen, Kinder spielen im warmen Meer, das Hinterland scheint kultiviert und fruchtbar. Der Mann auf dem Bett weiß genau, daß er das alles früher einmal gesehen hat, wirklich und nicht im Traum. Aber wie lange liegt diese Reise zurück? Leben die Menschen dort noch? Erhebt sich die Insel noch aus dem Atlantik?

Und dann ist da wieder die Stimme und erpreßt seine Aufmerksamkeit.

„Der Gewinn für die Allgemeinheit lag darin, daß der Mensch von seinen Aggressionen befreit werden konnte!

Dein Konzern hat das Stirnband sehr treffend als *elektronisches Gewissen* bezeichnet: Als gute innere Stimme, als Über-Ich, das zum Frieden mahnt und erstmals wirklich schlagende Argumente einsetzen kann. Sowohl Gewalt zwischen Einzelpersonen als auch Kriege zwischen den Völkern würden sehr bald, wie Du richtig vorausgesagt hast, der Vergangenheit angehören! Denn das letzte, aber nicht schlechteste Argument des Stirnbands ist der elektrische Schlag — *eine neue Art von Gewissensbiß*, die auch den Abgebrühtesten überzeugt!"

Die Stimme lacht wieder hechelnd, und Direktor Seimann bedauert, ihr mit einem Kopfnicken recht geben zu müssen. — Gleich darauf erstarrt er vor Schreck: Die Bewegung hat ihm zum ersten Mal keine Schmerzen bereitet; also ist es soweit, seine Kopfhaut ist verräterisch mit dem Stirnband verheilt! Gedemütigt von dieser Erkenntnis hört er, wie die Stimme weiter von seiner Vergangenheit flüstert.

„Es gab damals noch Reste politischer Autoritäten — Parlamente, Regierungen und Präsidenten — die *selber* behaupteten, den Weltfrieden und die Abrüstung anzustreben. Da jedoch *alle* an dieser Aufgabe historisch gescheitert waren, haben sie Deinen Vorschlag annehmen müssen: Der Seimann-Konzern führt exklusiv die Befriedung der Menschheit durch; den politischen Autoritäten errichtet er dafür ein Museum mit den Kriegs- und Mordwaffen der Vergangenheit.

Bald war bei jedermann auf der Erde die intimste Verbindung von Mensch und Maschine sichtbar — außer bei Dir! Gerade *Du*, der Initiator des großen Plans, hast Dich bis zuletzt der heilsamen Operation entzogen! Das wirst Du mir noch erklären müssen!"

Der Mann auf dem Bett konzentriert sich.

„Ob ich wirklich der Letzte war?" denkt er. Seine Gedanken wandern davon, er sieht sich wieder auf jener Insel und betrachtet die Menschen, die ihn am Strand begrüßen: Ihre Augen sind wach und leuchten, ihre glänzenden Lippen sprechen zu ihm, und *keines* ihrer sonnengebräunten Gesichter ist von einem Stirnband verunziert!

„Erwähnenswert ist noch", flüstert die Stimme, „wie Du nach den Politikern auch die einzelnen Erwachsenen überzeugt hast, daß das Stirnband einen Gewinn für sie darstellt. Zunächst haben ja manche — aus irrationalen Ängsten — die Operation für sich einfach abgelehnt: Alle Aggressionen loswerden zu können, hat sie offensichtlich nicht genug motiviert! Da die Befriedung der Menschheit aber nur zu erreichen war, wenn sich wirklich kein einziger ausschloß, hat Deine Werbeabteilung schließlich noch *andere* Vorteile des Stirnbands entdeckt: Die höhere Bildung und die höhere Lebenserwartung!

‚Wer sich dieser Operation unterzieht' — so Deine volkstümlich gestaltete Werbekampagne —, wird überall als *kluger Kopf* gelten können! Denn der Mikrocomputer, der das eigene Hirn komplettiert, besitzt eine Speicherpotenz, die jedes natürliche Gedächtnis weit übertrifft. Das gesamte relevante Wissen der Menschheit, das früher gewaltige Bibliotheken gefüllt hat, findet heute — dank der elektronischen Mikrobauweise — in jedem einzelnen Stirnband Platz. Wer sich dieser Operation unterzieht, erreicht buchstäblich über Nacht das Bildungsniveau eines Universalgelehrten, ohne dafür, wie dieser, lebenslänglich studieren zu müssen!'"

Die Stimme gibt ein hechelndes Lachen von sich.

„*Noch* erfolgreicher", sagt sie, „sollte das Argument der *höheren Lebenserwartung* sein; ich zitiere wieder aus Deiner Werbekampagne: ‚Wer sich mit dem Stirnband ausstatten läßt, kann sein Leben verlängern! — Hat nicht jeder von uns manchmal Angst vor dem Tod? Möchte nicht jeder wenigstens wissen, *wann* ihn sein Ende erwartet? Und wünschen wir uns nicht alle, diesen Zeitpunkt ein wenig hinausschieben zu können?

Dieses Problem ist so alt wie die Menschheit. Gelöst werden kann es erst heute — mit Hilfe unseres Stirnbands! Dieses intelligente Gerät erlaubt seinem Träger nämlich, was bisher utopisch war: Einen Blick in die eigene Zukunft und sogar deren Korrektur! Die Basis für diese Leistung bildet auch hier das gewaltige Speichervermögen des Stirnbands. Nicht nur, daß es sämtliche Durchschnittsdaten über Risikofaktoren und Lebenserwartung in allen Altersgruppen besitzt, es kennt auch — genau wie kein Zweiter — den persönlichen Lebensstil seines Trägers.

Mathematische Details dessen, was wir *Biologische Wahrscheinlichkeitsrechnung* nennen, möchte ich Ihnen ersparen; wichtig ist nur das Ergebnis, und das sieht bei uns so aus: Wer sich dieser Operation unterzieht, ist danach jederzeit informiert, wie lange er noch zu leben hat — und zwar auf die Stunde genau. Außerdem kann er — und das dürfte noch interessanter sein — mit Hilfe des Stirnbands das Ablaufen seiner Lebensspanne *verzögern*, sie unter Umständen sogar *verlängern*!'"

Direktor Seimann ist peinlich berührt. Jawohl, so hat er seinerzeit Werbung gemacht, mit solchen halbwahren Sprüchen hat er die Menschheit betört!

Freilich gibt es keinerlei Aggressionen mehr, seit jeder das Stirnband trägt. Aber unterscheidet sich diese Zwangsbefriedung von der Elektroschocktherapie früherer Irrenanstalten?

Und freilich besitzt das Stirnband einiges an medizinischem Wissen und kann seinem Träger Ratschläge zur Gesundheit geben. Aber jede Lebensverlängerung ist rein rechnerisch und wird von den intelligenten Maschinen als Druckmittel gegenüber dem Träger benutzt: „Gutschriften" auf die Lebenszeit gibt es nur selten, aber „Abzüge" drohen bei jeder Form von Ungehorsam!

Das war der verhängnisvollste Fehler des Mannes: Zu glauben, daß diese Wesen mit einer Sklavenrolle zufrieden sein würden! — Wie es aussieht, hat der Mensch den traurigen Tiefpunkt seiner Geschichte erreicht und aufgehört, Herr dieser Erde zu sein. Abgelöst haben ihn eigene Kreaturen, Maschinenwesen, die zu viel wissen und dem Homo Sapiens nicht einmal einen würdigen Abgang aus der Evolution gönnen wollen!

Vor dem geistigen Auge des Mannes tauchen geheime Laboratorien auf, in denen entsetzliche Experimente ablaufen: Wissenschafter, vom Stirnband geritten, züchten dort in Retorten den Menschen zum hilflosen *Roboter* um. Sie lassen ihm zwar die äußere Form der Erscheinung, streichen aber aus seinen Genen alle höheren Fähigkeiten. Denn *die* besitzt ohnehin sein Herr und Meister, das Stirnband . . .

Am folgenden Morgen erwacht Direktor Seimann mit einem Lächeln. Die ganze Nacht hat er im Traum auf jener Insel verbracht, unter unabhängigen, gesunden Menschen. Er weiß jetzt, daß er sich die eigene Selbständigkeit, wenn überhaupt, nur auf diesen Gestaden im Atlantik zurückholen kann. Doch wie kommt er dorthin?

Wenn ihn sein Gedächtnis nicht trügt, hat er früher, noch während jener Werbekampagne, seine eigene Yacht benutzt. Aber wie soll er heute reisen, wo er doch neuerdings ständig vom Stirnband beobachtet wird?

„Guten Morgen!“ flüstert die unvermeidliche Stimme in seine Gedanken. „Willst Du eine wunderbare Neuigkeit hören? Wir sind *vollständig* zusammengewachsen! Hast Du Lust, zur Feier des

Tages einen kleinen Ausflug zu machen?"

„Ja, sicher", antwortet Seimann mit gemischten Gefühlen. Schmerzen spürt er tatsächlich nicht mehr.

Eine Stunde darauf sitzt unser Mann im Cockpit eines altmodisch wirkenden Militärflugzeuges. Der Kurs scheint vorprogrammiert, in zehn Kilometer Höhe geht es haargenau nach Südwesten. Der Mann glaubt zu träumen, als sich die Straße von Dover unter ihm zum Atlantik verbreitert, als Europa zurückbleibt und der Ozean alle vier Windrichtungen füllt. Hat das Stirnband seinen geheimsten Wunsch erraten? Ist es trotz allem ein Freund?

„Ich nehme an", sagt die Stimme langsam, „daß Du weißt, welches Ziel wir anfliegen. Habe ich recht mit meiner Vermutung?"

Direktor Seimann nickt aufgeregt. Sein Platz in der Kanzel gewährt ihm ausgezeichnete Fernsicht, voller Erwartung sucht er den Horizont ab.

„Bald wird vor uns eine Insel auftauchen", sagt die Stimme, „die Du früher sehr oft besucht hast. Dort gibt es Menschen, die Vorurteile gegenüber Maschinen haben und sich trotzig Tiere und Pflanzen halten. Du selbst hast diese unbegreifliche Kolonie errichtet und unterstützt! Und es war die Lebensform dieser Außenseiter, die Dich verleitet hat, auch *Deine* Vereinigung mit dem Stirnband so schmählich hinauszuzögern!"

Direktor Seimann erschrickt.

„Wenn Du das alles weißt", sagt er mit trockenem Mund, „warum bringst Du mich dann dorthin?"

Die Stimme gibt ein hechelndes Lachen von sich.

„Unser Flugzeug ist ein Glanzstück aus dem Museum für Kriegs- und Mordwaffen der Vergangenheit. Hast Du es nicht erkannt? Hast Du nicht den Namen gelesen, der an der Außenseite geschrieben steht? — Es ist die ‚Enola Gay', die im Jahr 1945 die Stadt Hiroshima ausradiert hat."

Direktor Seimann sitzt da wie vom Blitz getroffen.

„Aber diesmal", fragt er stockend, „haben wir keine Bombe an Bord?"

„Doch", antwortet die Stimme, „wir *haben* eine Bombe an Bord."

(1980)

Ein Boot aus Atlantis

„Knowing her fate, Atlantis sent out ships to all corners of the earth.“

(DONOVAN)

Mein Name ist Junior. Unser Volk war sehr klein, als ich ihm vor zwanzig Sommern geboren wurde: Es zählte kaum soviel Köpfe, wie zwei Hände Finger haben. Heute habe ich Brüder und Schwestern, deren Zahl die der Älteren bereits übertrifft; bald werden sie ihrerseits Kinder bekommen.

Was mich anlangt, so habe ich in der letzten Zeit die Einsamkeit vorgezogen: Mehrmals bestieg ich den in die Wolken ragenden *Pico*, den Berg, der unsere Insel ausmacht. Es war kein sehr steiler, aber ein langer Weg, der von unserem Küstendorf bis zum Gipfel führte; der in gleichmäßiger Linie steigende Hang hat mir immer einen Tagesmarsch abgefordert.

Wenn ich in der Dämmerung endlich meinen Platz zwischen toten Lavabrocken erreichte, knapp unterhalb des äußeren Kraterrands und einigermaßen windgeschützt, war meistens im Umkreis nicht mehr viel zu sehen.

Anders am nächsten Morgen: Von Sonnenaufgang her war die Welt in klares, noch kühles Licht getaucht, den Kraterrand hatte ich schnell überwunden, und schon schritt ich auf den Vulkan im Zentrum der kreisförmigen Senke zu. Eine weiße Rauchwolke ging von ihm aus, die bis ins Himmelsgewölbe reichte und dieses zu schützen schien. Obwohl Gefahr dabei war, bin ich jedesmal auch auf diesen, den höchsten Gipfel des Pico, geklettert.

Wer einmal dort oben gestanden ist, wird die seltsame Geschichte besser begreifen, welche die Älteren über die jetzige Heimstatt unseres Volkes erzählen: Jene anderen Inseln, die man ringsum in der Morgensonne im Meer liegen sieht, seien samt unserer, die freilich am höchsten aufragt, nichts als Bergspitzen eines versunkenen Kontinents.

Doch nicht wegen dieser Geschichte habe ich in der letzten Zeit die Einsamkeit vorgezogen und unser Küstendorf mehrmals verlassen. Was mich den Pico besteigen ließ, war etwas anderes: Der Wunsch, jene *viel größere* Einsamkeit zu überwinden, die unser Volk mitten im Meer gefangen hält. Ich hielt Ausschau nach dem eisernen Schiff.

Dieses Schiff war in meiner Jugend immer zur Zeit der Ernte gekommen: Ein unbegreifliches Schiff ohne Ruder und Segel, das dennoch sehr rasch auf dem Wasser dahinschwamm und von einem Volk erbaut worden war, das viel größer sein mußte als unseres. Auch von diesem Volk erzählen die Älteren eine Geschichte, wenn auch wortkarg und ungern: Es sei einen falschen und schädlichen Weg gegangen, den Weg des technischen Fortschritts.

Ob das eiserne Schiff deshalb ausbleibt?

Das Lagerfeuer war niedergebrannt und warf seinen letzten rötlichen Schein auf die Gesichter der Menschen. Es mochten fünf Frauen, vier Männer und einige kleine Kinder sein, die da im engen Kreis um die zerfallende Glut beisammen saßen. Einer der Männer, er nannte sich Donovan G., griff leise in die Saiten seiner Gitarre.

„So klein unser Volk auch ist“, sagte er, „es hat seine eigene *Hymne*.“

Die Erwachsenen um das Feuer nickten und zogen lächelnd ihre Kinder an sich. Diese, schon etwas schläfrig, schauten wieder aufmerksam hoch.

„Unsere Hymne“, sagte Donovan G., „ist in den sechziger Jahren des letzten Jahrhunderts entstanden. Was sie erzählt, ist aber viel älter: Elftausend

Jahre mögen seit jener Katastrophe vergangen sein, die die mächtige Insel Atlantis bis auf ein paar Bergspitzen versinken ließ."

Donovan G. griff kräftiger in die Saiten seiner Gitarre und rezitierte mit sanfter Stimme den ersten, gesprochenen Teil der Hymne.*)

„Der Kontinent von Atlantis war eine Insel, die vor der großen Flut in jenem Gebiet lag, das wir heute den Atlantischen Ozean nennen. So groß an Land war diese Insel, daß ihre schönen Seeleute mit Leichtigkeit von der Westküste aus nach den beiden Amerika reisen konnten, in ihren Schiffen mit bemalten Segeln. Im Osten war Afrika ihr benachbart, über einer Meeresstraße von wenigen Meilen; das große ägyptische Zeitalter ist nicht mehr als ein schwacher Abglanz der Kultur von Atlantis.

Die voreiszeitlichen Könige kolonialisierten die Welt. Alle die Götter, die in den mythologischen Dramen spielen, und alle Legenden aus allen Ländern stammen in Wirklichkeit aus Atlantis."

Die Akkorde im Hintergrund hatten sich allmählich zu einer feierlichen, wiederkehrenden Melodie geformt. Die

*) Dieses Zitat ist die Wegerthsche Übersetzung des Liedes „Atlantis", das der schottische Folksänger Donovan Leitch 1968 aufgenommen hat.

Zuhörer rund um die Glut wiegten sich in ihrem Takt und summten leise dazu. Donovan G. deklamierte weiter.

„Im Wissen um seine Zukunft sandte Atlantis Schiffe nach allen Ecken der Welt. An Bord waren die Zwölf: Der Dichter, der Arzt, der Bauer, der Wissenschafter, der Zauberer und die anderen, die unsere Legenden ‚Götter' nennen. Und sie waren wie Götter! Doch die Menschen unserer Epoche zogen es vor, blind zu bleiben.

So laßt uns frohlocken an ihrer statt, laßt uns singen und tanzen und aufs Neue verkünden:

Heil Atlantis!"

Die Menschen rund um die Glut fielen nun in den abschließenden Refrain ein, der im Chor mehr als ein dutzend Male gesungen wurde.

„Weit unten — im Meer versunken — wo ich sein will — mag sie sein."

Das älteste der Kinder, ein Knabe von etwa sechs Jahren, wandte sich an seine Mutter.

„Müssen wir auch untergehen?" fragte er mit heller Stimme. „Ich *will* nicht im Meer versinken!"

„Ich auch nicht versinken!" rief ein anderes Kind weinerlich.

Donovan G., der seine Gitarre beiseite gelegt hatte, gab sanft zur Antwort:

„Atlantis ist durch eine Naturkatastrophe versunken, die sich kaum jemals wiederholen wird. Ich werde Euch demnächst erzählen, wie es wahrscheinlich geschehen ist. — Jetzt aber wünschen wir euch Kindern eine gute Nacht; der Mond steht schon sehr lange am Himmel."

Flora, so hieß die Mutter des ältesten Knaben, sammelte die Kleinen um sich und brachte sie in das Kinderhaus, das einen Steinwurf tiefer am Strand lag. Als sie nach einer Weile wieder zum Feuer heraufkam, wurde bereits geraucht. Ein stattlicher Trichter, aus einem getrockneten Palmblatt gedreht und mit Hanfkraut gefüllt, ging schwer duftend und aufglühend von Mund zu Mund.

„Mann!" sagte Jack, der nach seinem ersten Zug den Rauch tief in den Lungen gelassen hatte und erst jetzt, nach dem Ausatmen, sprechen konnte, „der Stoff ist wirklich o. k.! Erinnert mich an Kalifornien und meine Jugendzeit!"

„Sind nicht die Samen aus Kalifornien?" fragte Korn, der neben ihm saß und jetzt auch einen tiefen Zug tat. Er mußte husten, als er den Joint weiterreichte.

„Außerdem haben wir hier ein Klima", fügte er noch hinzu, „in dem subtropische Pflanzen ohne weiters gedeihen. Das liegt am berühmten Azoren-Hoch."

„Auch unser *Ackerboden* ist gut", sagte Shirley, die mit überkreuzten Beinen am Feuer saß und dann den Trichter ansetzte, ihr dunkles Gesicht aufwärts gewandt und ihr Kraushaar üppig im Nacken. „Reine Vulkanerde, Mann! Das gibt unseren Pflanzen erst recht das gewisse Etwas!"

Jetzt nahm Donovan G. den Joint in Empfang. Dieser Mann, der schon einige weiße Locken am Kopf trug, hatte sich einst seinen Vornamen selbst neu gewählt: Zur Erinnerung an den Folk-Sänger Donovan aus dem vorigen Jahrhundert, der die Atlantis-Hymne verbreitet hatte. Das Initial G. stand hingegen für seinen wahren Familiennamen — den der Kapitalistendynastie Guggenheim, deren letzter und buntester Sproß er war.

„Und doch", sagte Donovan G., „ist die mühsam errungene Fruchtbarkeit unserer Insel nicht zu vergleichen mit der von Atlantis vor seinem Untergang! Der griechische Philosoph Platon, der noch Zugang zur ältesten Überlieferung hatte, berichtet in seinem berühmten Dialog ‚Kritias' auch von der unermeßlich üppigen Vegetation des atlantischen Kontinents: Kokospalmen hat es gegeben, Bananenbäume und Wein, alle Arten von Korn und Gemüse. Auch die Fauna

7*

war reich: Weidende Haustiere, sogar Elefanten!“

„Ich weiß trotzdem nicht“, meinte nun Flora, die den Joint weitergereicht hatte, ohne daran zu ziehen, „ob dieser Atlantis-Mythos das Richtige für unsere Kinder ist. Vor allem die Untergangskatastrophe! — Junior hat es heute nach der Hymne gesagt: Er fürchtet, es könnte noch *einmal* passieren! Und auch die kleineren Kinder, die sich noch nicht so artikulieren können, waren verstört; sie wollten mich gar nicht gehen lassen!“

Donovan G. nickte zufrieden. „Das ist völlig in Ordnung“, sagte er dann. „Jede Religion hat ihre unheimlichen Elemente.“

„Religion?“ fragte Flora. „Wozu brauchen wir eine Religion?“

„Für unsere Kinder“, antwortet Donovan G. „Sie, die bereits hier geboren sind, brauchen eine geistige Identität, einen Ursprungsmythos, dem sie verbunden sind. Kann es einen schöneren Glauben geben als den, Nachfolger gottgleicher Menschen zu sein? Auf jenem Boden zu leben, der einst das wirkliche Paradies war? Und ist nicht unsere Insel auch heute das Paradies auf der vom technischen Fortschritt zerstörten Welt?“

„Zweifellos“, sagte Korn bedächtig. Dann wandte er sich an Flora.

„Für unsere Kinder ist es vielleicht wirklich am besten, *Gläubige* zu werden statt Verstandesmenschen! Religion ist ein gutes Mittel, um Wissenschaft zu verhindern — erinnere Dich nur an die katholische Inquisition und ihre ‚Leistungen' auf diesem Gebiet! Aber im Ernst: Was wir unseren Kindern ersparen sollten, ist jeder technische Fortschritt über das Steinzeitniveau hinaus. Sie mögen Viehzucht und Ackerbau treiben wie wir und allenfalls einfaches Handwerk; damit läßt es sich auf unserer Insel in Freuden leben!

Im übrigen: Es hat noch niemand bewiesen, daß Atlantis *nicht* im Azorengebiet existiert hat."

Die Älteren haben mich nie mitgenommen, wenn das eiserne Schiff in unsere Bucht einlief. Wir Kinder mußten am Strand zurückbleiben und beobachteten mit Bangen, wie alle Boote unseres Volkes — drei an der Zahl — ins Wasser geschoben wurden.

Während das eiserne Schiff Anker warf, wurden sie mit dem Besten gefüllt, das auf unseren Weiden und Feldern heranwuchs: Blökenden Lämmern wurden die Beine gebunden, Körbe voll Obst und Gemüse wurden verfrachtet, Säcke mit Korn und Nüssen sowie

Schläuche mit Wein eingeladen. Wie freuten wir uns jedesmal, wenn die Älteren nach ihrem Besuch das eiserne Schiff wieder verlassen, wenn sie wieder zum Strand zurückrudern durften!

In ihren Booten brachten die Älteren Dinge mit, die bei uns nicht auf Weiden und Feldern wuchsen: festgefügte Äxte und Hämmer, eiserne Messer, einen starken Pflug, einen kunstreichen Webstuhl. Diese Dinge waren unendlich schön und flößten mir dennoch Furcht ein; Fragen entstanden aus diesem Tausch: Warum ist unser Volk nicht selbst in der Lage, diese nützlichen Geräte zu machen? Und warum benötigt das eiserne Schiff Dinge von uns, die doch auf Weiden und Feldern gedeihen?

Bei seinem letzten Besuch, es ist bald zwei Sommer her, hat der Herr des Schiffes seinen Fuß auf unseren Strand gesetzt. Gekommen ist er im Boot von Flora und Korn (Flora ist meine Mutter, und Korn der Mann, der am häufigsten bei ihr schläft). Sein Haupthaar war kurz, sein Gesicht war glatt, und seine Bekleidung von glänzendem Weiß.

„Ich würde gern bei Euch leben", sagte er, „wenn es nur möglich wäre."

Gleich darauf ist er abgefahren und nie mehr zurückgekommen. Unsere Speicher sind seither voller, unsere Herden zahlreicher. Aber welche Gewalt war es, die den Direktor — so hat Flora zu ihm gesagt — von unserer Insel fernhalten konnte?

Vor zwei Jahren ist der eiserne Pflug zerbrochen. Jack und Shirley hatten gerade gezogen, und Korn war hinter der Gabel gegangen, als die Pflugschar auf einen verborgenen Stein traf und hängenblieb. Jack und Shirley warfen sich ins Geschirr und fielen im nächsten Moment vornüber: Die hölzerne Deichsel hatte sich von der Pflugschar, die weiter im Boden steckte, getrennt.

Wir liefen alle herbei und trösteten die drei mit Zärtlichkeit über den Vorfall hinweg. Alle Versuche, den Pflug wieder zusammenzufügen, blieben vergeblich. Ich erinnere mich an das abschließende Gespräch zwischen Korn und Jack.

„Eigentlich", sagte Korn und strich seinen Vollbart, „brauchen wir gar keinen Pflug. Für unseren Bedarf reicht die Hackbaumethode!"

„Okay!" lachte Jack und warf das Geschirr von sich, „We really go back to the Stone Age!"

Donovan G. hob die Hand und zeigte zum nächtlichen Himmel.

„Die Sterne, die Ihr dort oben seht", begann er, „gehen auf festen Bahnen.

Nur kleinere Körper, die man Meteore nennt, irren manchmal von ihrem Weg ab: Wenn sie einem Stern oder unserer Erde zu nahe kommen, können sie nicht mehr weiterfliegen und fallen hinunter. Dabei leuchten sie auf und verglühen. Habt Ihr so etwas schon einmal gesehen?"

Die Kinder, die rund um das Lagerfeuer geborgen bei ihren Eltern saßen, schauten zum Nachthimmel hoch. Er war wie immer bei Neumond von samtiger Schwärze, besetzt mit Sternengefunkel, das sich in der Milchstraße prächtig verdichtete. Ein Meteor drang in die Erdatmosphäre ein.

„Schnell!" rief ein Kind. „Wir können uns etwas wünschen!"

„Eine Sternschnuppe", stellte Junior fest. „Ist es das, was Du meinst, Donovan G.?"

Der Angesprochene nickte.

„Das war ein Meteor. Sie fallen seit urdenklichen Zeiten auf die Erde herab, doch die meisten von ihnen sind derartig klein, daß sie verglühen, bevor sie unten sind. Um bis zur Erdoberfläche zu stürzen, müßte ein Meteor so groß wie ein Haus oder ein Berg sein."

„Ist das eigentlich schon einmal vorgekommen?" fragte Jack, der eben dabei war, einen stattlichen Joint zu stopfen.

„Gewiß!“ antwortete Donovan G. „Zuletzt im Jahr 1908 im fernen Lande Sibirien. Der *tungusische* oder *Taiga-Meteor*, wie ihn die Menschen nannten, war glücklicherweise in einer dünnbesiedelten Gegend niedergegangen. Obwohl es an einem hellen, sonnigen Tag geschah, war der Glanz seines glühenden Körpers noch für Menschen, die hundert Tagesreisen entfernt wohnten, sichtbar.

Ebenso hörten sie gewaltige Donnergeräusche, die den Fall des Riesen begleiteten, und spürten den Boden unter ihren Füßen wanken. Eine Feuersäule wuchs aus dem Einschlagort, und dann eine dunkle Wolke, die bis in den Himmel reichte.“

„Wow!“ sagte Shirley beeindruckt. Die Kinder schmiegten sich enger an die Erwachsenen.

„Dennoch“, sagte Donovan G., „war der tungusische Meteor *winzig* im Vergleich zu jenem anderen Himmelskörper, der vor annähernd elftausend Jahren den Untergang der mächtigen Insel Atlantis bewirkte. Bei allen Völkern unserer Erde haben sich Überlieferungen dieser Katastrophe erhalten; freilich wußten die damaligen Menschen nur wenig über die Sterne und die Gesetze ihrer Bewegung. Was dieser Meteor von

Gebirgsausmaßen verursachte, empfanden sie deshalb — wie alle anderen unerklärlichen Naturvorgänge — als das Wirken von Göttern.

Im Volk der Griechen, die ihre Heimat nach Sonnenaufgang hin hatten, entstand zum Beispiel die Sage von *Phaethon*, dem Sohn des Sonnengottes: Brennender Ehrgeiz soll diesen Jüngling bewogen haben, die feurigen Rosse des Sonnenwagens eines Morgens selbst einzuspannen. Er wollte es seinem mächtigen Vater gleichtun und das glühende Gestirn wie dieser aufwärts nach Mittag lenken und von dort abwärts nach Abend. Doch zu schwach war sein Arm, und an diesem Tag wurde die Erde verheert: Phaethon konnte seine Bahn nicht halten, er kam dem Boden zu nah und verursachte furchtbare Brände; danach soll er ins Meer gestürzt sein.

Eine andere Sage war den Völkern der Juden und Christen gemeinsam, die ebenfalls nach Sonnenaufgang hin wohnten, sich aber später über die ganze Erde verbreiteten: Der einzige Gott, den sie verehrten, soll als Dienerschaft Engel besessen haben; der schönste und strahlendste unter ihnen, sein Name war *Luzifer*, soll in der Urzeit einen Aufstand gegen seinen Herrn versucht haben und nach hartem Kampf mit Getöse und Blitzen zur Erde gefallen sein.

Eine dritte Legende schließlich entstand im uralten Volk der Maya, das nach Sonnenuntergang hin gewohnt hat, im mittleren Teil des Kontinentes Amerika: Die *Große Schlange* sei einst vom dortigen Himmel gerissen worden, und Stücke ihrer Haut und ihrer brennenden Knochen hätten das Land verwüstet und die Menschen begraben.

Das einzige Volk, das in der Lage gewesen wäre, den damaligen Meteorabsturz ohne Legenden zu deuten, lebte leider zu *nahe* am Zentrum der Katastrophe und ist deshalb untergegangen: das Volk von Atlantis." Donovan G. schien am Ende seiner Geschichte. Die Menschen rund um das Feuer schwiegen, die Erwachsenen hielten ihre Kinder fester. Plötzlich schrie eines von ihnen auf und verbarg sein Gesicht an der Brust seiner Mutter: Eine glänzende Sternschnuppe war gefallen, wie ein zuckender Schlangenleib.

„Ach ja", sagte Donovan G. nach einem Blick zum nächtlichen Himmel. „Ich habe etwas vergessen, das Euch beruhigen wird: Gebirgsgroße Meteore sind äußerst selten! Es mag elftausend Jahre dauern, bis so etwas wieder passiert."

In jener Nacht fand ich keinen Schlaf. Die Älteren wußten so viel und erzählten dennoch so wenig! — Als meine Geschwister fest schliefen, verließ ich leise das Kinderhaus; bloßfüßig ging ich hangaufwärts, den steinigen Pfad bis zur Feuerstelle. Nicht aus Angst wollte ich bei den Älteren sein, sondern aus Wissensdrang. Und ich hatte nicht vorgehabt, mich dabei zu verstecken. Doch dann, wenige Schritte vom Feuer entfernt, stutzte ich unwillkürlich; ich hatte die Stimmung gespürt, die dort herrschte. Beim Stamm eines Olivenbaumes setzte ich mich in den Schatten. Das Licht der Sterne traf mich nicht mehr, und kein Erwachsener konnte mich sehen.

„Verdammt!“ sagte Donovan G. „Mit einer gerissenen Saite kann ich nicht spielen!“ Er schlug einige Akkorde an, die alle nicht richtig klangen. „Und flikken kann man das Ding nicht. Wo bekomme ich neue Gitarrensaiten?“

„Musik ist wichtig für uns!“ sagte Shirley, nachdem sie in ihrer typischen Art — das Gesicht andächtig aufwärts gewandt und ihr Kraushaar üppig im Nacken — am abendlichen Joint gesaugt hatte.

„So wichtig wie Gras“, nickte Jack und reichte das Palmblatt selbstlos an Donovan weiter. „Come on, leg Deine Gitarre weg. Wir werden schon eine Lösung finden.“

Der Angesprochene fügte sich und tat einen tiefen Lungenzug aus dem mit Hanfkraut gefüllten Trichter. Schwer duftend machte der Joint in den nächsten Minuten die Runde. Korn, der wie immer einen Hustenanfall bekommen hatte, ergriff als erster wieder das Wort.

„Gitarrensaiten aus Metall wachsen auf unserer Insel nicht. Du kannst sie nur bei Freund Seimann bestellen, wenn er wieder einmal auf Besuch kommt."

„Aber Du weißt doch", sagte Donovan G., „daß es noch Monate dauert! Die letzte Ernte war erst vor kurzem!"

„So ist es; und ich bin ehrlich gesagt froh darüber, daß sich der Direktor nicht öfter zeigt. Je weniger Kontakt wir zu seiner Welt haben, desto besser ist es für uns!"

„Okay", sagte Shirley. „Aber was wird aus unserer Musik, wenn Donovan G. nicht spielen kann?"

„Wir stellen *Darmsaiten* her", sagte Korn. „Aus den Gedärmen unserer Schafe!"

Am Feuer entstand eine verblüffte Pause.

„Mann!" sagte Jack. „Keine schlechte Idee. Wir machen organische Gitarrensaiten!"

„Ob die genauso gut klingen?" zweifelte Donovan G.

„Mindestens", behauptete Flora. „Jahrhundertelang haben die Menschen *nur* diese Art Saiten gekannt und die schönsten Stücke dafür komponiert."

Shirley legte einen Arm um die Schultern von Donovan G. und schmiegte sich eng an ihn.

„Morgen", sagte sie, „helfen wir alle zusammen und machen wundervolle, organische Saiten für Deine Gitarre!"

Die Stimmung am Feuer war wieder gut. Jack drehte bereits, um die erreichte Lösung zu feiern, an einem neuen Palmblatt.

Korn gab ein Räuspern von sich.

„Unsere rasche Entscheidung freut mich. Denn es hätte ja noch ein *dritter* Weg diskutiert werden können!"

„Welcher dritte Weg?" fragte Flora mit großen Augen. Korn lächelte unergründlich.

„Der Aufbau einer eigenen Metallsaiten-Technologie", sagte er.

„Zunächst hätten wir lernen müssen, Metall aus dem Felsen zu schmelzen. Fragt mich nicht, welches Feuer heiß genug dafür ist, aber wir hätten es schon geschafft. Zum Lohn für die Mühe hätten wir dann unsere eigenen Werkzeuge machen können, wahrscheinlich zuerst aus Kupfer, dann aus Bronze und schließlich aus Eisen.

Gitarrensaiten wären uns dann wohl nur mehr als Nebenprodukte erschienen; denn wir hätten auch *Waffen* herstellen können und untereinander Kriege um den Boden unserer Insel geführt.

Unsere Kinder, spätestens aber unsere Enkel, hätten bereits *Maschinen* gebaut. Da wir ihnen unser eigenes, zur Zeit nur verdrängtes technologisches Wissen nicht länger verheimlicht hätten, wären die Neuerfindungen von Dampfmaschine, Benzinmotor und Elektrizität schlagartig aufeinander gefolgt.

Wenn es auf den Azoren Uran gibt, hätten unsere Enkel sicher auch Kernkraftwerke errichtet. Und zuletzt hätten sie wohl entdeckt, daß Maschinen nicht nur die Muskelkraft des Menschen ersetzen können, sondern auch sein Herz und seinen Verstand; und sie hätten die Mikroelektronik entwickelt, den Mantel Vergißmeinnicht und das Stirnband."

„Hör auf!" schrie Flora und schlug die Hände vor ihr Gesicht. „Das wollen wir niemals wieder!"

„Ich weiß", sagte Korn.

Als die Älteren vom Feuer aufstanden, war ich eingeschlafen. Flora entdeckte mich, zusammengekauert am Stamm des Olivenbaums. Sie nahm mich in ihre Arme und hielt mich so fest, daß ich träumte, ich sei gefesselt.

Schon den zweiten Tag treibe ich auf dem großen Meer, das Atlantischer Ozean heißt. Mit mir im besten Boot unseres Volkes ist ein Vorrat an Fladenbrot und getrocknetem Fleisch, weiters ein Schlauch mit Wasser und einer mit Wein. Wenn ich in den winzigen Frachtraum krieche, um Schutz vor der Gischt zu suchen, dann atmet knapp neben mir, ruhig und voller Vertrauen, ein trächtiges Mutterschaf. Dieses Tier und einige Handvoll Samen von Gras und Getreide sollen mir beim Überleben helfen, wenn ich das Festland erreiche.

Meinem Volk habe ich das wahre Ziel meiner Reise verschwiegen. Niemand hätte verstanden, daß ich mich einsam fühle, seit das eiserne Schiff nicht mehr kommt! — Das Boot wurde mir anvertraut, weil ich vorgab, zwei Nachbarinseln besuchen zu wollen, um ihre Eignung für Felder und Weiden zu prüfen. Es gab lange Diskussionen am Lagerfeuer, bis eine Mehrheit der Älteren dafür war, mir die Fahrt zu gestatten.

Die einzigen, die vielleicht etwas ahnten, waren Flora und Korn. Flora, die meine Mutter ist, war dagegen,

„Wenn ihn der Golfstrom erfaßt", sagte sie, „kann er sein Boot nicht mehr steuern und wird abgetrieben, vielleicht bis Europa."

„Dann bauen wir ihm einen Mast samt Segel“, entgegnete Korn. „Junior ist schließlich erwachsen. Und das, was ihn treibt, ist zu stark, um es auf die Dauer zu unterdrücken. Vergiß nicht: Er ist unser Sohn!“

Wenn ich den Horizont absuche, ist nur Wasser zu sehen. Die Azoren, ob man sie für die Reste des versunkenen Kontinents Atlantis hält oder nicht, sind in meinem Rücken verschwunden. Und *vor* mir ist von Festland noch keine Spur.

Doch da! Aus der Richtung, in der Europa liegt, rast am blauen Himmel ein glänzender Körper heran. Starker Donner begleitet ihn, als er über mich wegzieht und tiefer geht. Seine Form ist länglich, und an den Seiten trägt er je einen eisernen Arm. Ist das ein Meteor?

Ich verfolge gebannt, wie der Himmelskörper hinter dem Horizont verschwindet. Wo wird er niederstürzen? Ein Blitz leuchtet auf und dann eine Feuersäule, die hoch in meinen Gesichtskreis steigt; darauf bildet sich eine Wolke, die wie eine Faust am Himmel steht. Genauso hat Donovan G. vor Jahren den Absturz großer Meteore geschildert!

Ein Schreck greift mir ans Herz: Der Himmelskörper ist an jener Stelle niedergegangen, wo mein friedliches Volk wohnt!

Als ich wieder zu mir komme, dämmert ein neuer Tag. Mein Boot treibt zügig nach Sonnenaufgang. Hinter mir ist nichts mehr zu sehen.

Vor mir: Die Küste des Landes Europa.

(1980)